让爱与你相伴

孙灵芝·编著

吉林文史出版社

图书在版编目（CIP）数据

让爱与你相伴 / 孙灵芝编著. —长春：吉林文史
出版社，2017.5
ISBN 978-7-5472-4183-7

Ⅰ.①让… Ⅱ.①孙… Ⅲ.①中国文学—当代文学—
作品综合集 Ⅳ.①I217.2

中国版本图书馆CIP数据核字（2017）第107651号

让爱与你相伴
Rangai Yūni Xiangban

编　　著：孙灵芝
责任编辑：李相梅
责任校对：赵丹瑜
出版发行：吉林文史出版社（长春市人民大街4646号）
印　　刷：永清县晔盛亚胶印有限公司印刷
开　　本：720mm×1000mm　1/16
印　　张：12
字　　数：129千字
标准书号：ISBN 978-7-5472-4183-7
版　　次：2017年10月第1版
印　　次：2017年10月第1次
定　　价：35.80元

目 录
CONTENTS

"喜欢是"一种美好的心情

接到电话的时候，米娜抱着枕头睡得正香。闹人的手机铃声响个不停，在美妙歌声的强力折磨下，米娜终于深深懂得了那句至理名言：如果你要毁掉一首歌，就把它设为闹铃。最后，实在受不了的米娜妥协了，拿过手机按下接听键大吼："喂，哪位？"话筒那边传来女孩儿清脆的笑声，然后那个温柔的女声说："啊，对不起啊，我不知道你还在睡，是我啦，其实也没什么事，就是发现今天我一觉醒来，已经记不清他的样子了，我想了想，还是决定告诉你。"原来电话是米娜的好朋友彤彤打过来的。彤彤说完之后，就挂了电话，米娜却睡不着了，她呆呆地拿着手机，半天也没回过神来。彤彤那美丽的声音仍旧萦绕在耳畔："我已经记不得他的样子了。"

诚然，我们每天都会忘记很多人和事，不管是相知相识的还是擦身而过的。专家说二十一天就可以养成一个习惯，那么相对的，我们也可以用二十一天戒掉一个习惯。是不是只要不去想念，就可以在不知不觉中轻易遗忘？无论你曾经多么笃定，自己会将那人牢记一辈子，也许也会有那么一天，你忽然意识到已经记不清他的样子了。遗忘本是寻常事，根本没有特别声明的必要，可是，当听到彤彤喟叹一般地说出那句话时，米娜却觉得难以接受。他是不该被遗忘的啊。那个时候，她们笑着谈论了那么久的人，怎么能被轻易被遗忘呢？米娜颓然地倒回床上，用被子蒙住头，她没有说他是谁，但是，她们都知道，那是天佑。彤彤喜欢的那个天佑，也是米娜喜欢的那个天佑，世上最凄惨的事之一，就是一对好朋友喜欢上同一个人。

不记得样子了么，彤彤的话又在米娜的心里打了个转，米娜闭上眼，那个人的样子便清晰映入脑海，瘦削的脸，手指细长，碎发无比乖顺，很干净，很安静。那个人也知道的吧，那么多女生喜欢过他，他明明知道的，可他只是不动声色，沉默得让人愤怒。虽然闭着眼，那人的样子却在米娜的眼前清晰到毫发毕现，怎么会忘记，怎么能忘记，曾经如烈火般灼伤了心的那双眼啊。"你的眉目笑语，使我病了一场"。可惜，曾经患病的是两个，现在有一个痊愈了。

她窝在被子里苦笑了一声，那个时候，做了多少傻事，现在想起来都会觉得不可思议。距离那段暗恋其实并没有过去多久，那时他们才上高中。她和彤彤自小就认识，到高中时已经是十几年的好朋友了。这种成长于幼儿园时期的友谊是牢不可破的，至少彤彤是这样认为的，只有她明白，她待彤彤并不如彤彤待她一般真诚。她们虽然号称姐妹花，但是两人还是有差距的，彤彤人长得漂亮，家境不错，功课也不错，相比之下，她就显得很一般了。年纪还小的时候这也不算什么，但是随着年龄的增长，她开始觉得有些不舒服了，都是爱美的女孩子，谁乐意一直当别人的绿叶呢。渐渐地，她对彤彤也不再如从前那样无话不谈，所以，那个时候，是彤彤先开口的啊，在那个安静的男孩儿进入大家的视线后。她们同时注意到那个人，彤彤却抢先一步说出了心情，而她，也就没有开口的必要了。

夏日的午后，两个女孩儿拉上窗帘，并肩躺在地板上，假装自己是在某个美丽海岛的金色沙滩上晒日光浴，这是她们从小到大最喜欢的休闲方式之一，也是她们共同的梦想。在那种氛围下，人总是很容易吐露心声，自从米娜发现自己对彤彤的嫉妒之后，这样的卧谈会的主讲人就都落到彤彤身上，米娜大多数时间都只是静静地听着，虽然有时也会说些小心事，但都是无关痛痒的废话，为此，彤彤深信米娜是个像天使一般单纯的人，不为任何事烦恼。对此，米娜不置一词。在每月例行的卧谈会上，男孩儿的名字开始频繁地出现，那两个简单的字，在那轻轻柔柔的声线的演绎下，变得格外美好，明明是那样轻轻柔柔说出来的两个字，却渐渐成了她们心中沉甸甸的石头。黑暗的房间里，彤彤的声线仿佛在游弋："你看过他的手吗？好秀气，算是我见过最漂亮的手了吧，他写出的字也配得上那双手。""我今天看他笑了，有小虎牙，好可爱，而且笑的时候很害羞的样子。""我昨天看他在看《关于莉莉周的一切》，真好。我觉得他很像莲见，如果是他站在稻田中，一定更好看……"

怎么可能没看到，那的确是双很好看的手，让人看到后，会不自觉地想要执子之手与子偕老。但米娜仍旧以一种惊奇的口气问："真的么，男生的手要是那样还蛮少见的嘛。"永远只是轻轻地附和，假装自己对那个人一无所知，其实自己知道得更多，知道他喜欢香草口味的巧克力，有时候会坐在楼顶上发呆，一到放假的时候总是第一个冲出教室。可是知道这些又怎样呢，她并不知道什么是"莉莉周"，也不知道"莲见"是谁，相较于彤彤，自己离他的世界更远。更让人难过的是，彤彤至少还有一个倾诉对象，她的心思却无法排遣，甚至有时候，听着彤彤在耳旁轻声耳语，她会恨恨地想，永远，我永远也不会让你知道我也喜欢他。话虽这么说，米娜还是会不自觉地去查什么是"莉莉周"，去买他喜欢的那种巧克力，躲在房间里慢慢地吃，经过书店的时候，看着白衣少年站在绿色的稻田里的大海报，会发很久的呆，然后走进去，用手上所有的零花钱去换岩井俊二的那本《关于莉莉周的一切》。她开始喜欢上岩井俊二，因为那是他喜欢的作者。之后她又看了岩井俊二的其他作品，从最经典的《情书》，到最残酷的《燕尾蝶》，一直看到《花与爱丽丝》，为着有一天可以和他聊起这些，然而，直到他离开，她始终没有等到这一天。

她只能假装无意往后看时偷瞧下坐在斜后方的他，这种做贼般地偷看还不能太频繁，她怕在无意之中泄漏这份爱恋，如果彤彤看出来了，或者别的什么人看出来了，那该怎么办呢？她呆呆地看着电脑里美好的少男少女演绎的唯美电影，惊惶到不知所措。屏幕上，上演的正是岩井俊二的《花与爱丽丝》。那是一个有些俗套的三角恋，但带着岩井俊二特有的那种清新唯美，所以很打动人。可惜，她不是勇敢的花，也不是美丽的爱丽丝。这个认知让她觉得安全。她不像花，有胆量去扯下弥天大谎，也不像爱丽丝那样美丽，美到足以让他一见钟情。乖乖女的她，甚至没有足够的勇气去奢望一场恋爱，单是暗恋都已经让她承受不住了。她看着自己甜美可爱的朋友，苦涩地想，自己身上唯一美丽的，也许只有这份深藏的单恋心事。只是，原本以为暗恋只是自己一个人的事，是一件美好的事，现在，这件美好的事也开始不美丽了。埋藏在心底的暗恋才是一个人的事，如果有人和你分享了这个秘密，或者你向别人分享了这段心情，那它就不再是一个人的事了。

彤彤仍旧频繁地向她讲述着自己对天佑的倾慕。米娜有时会想，我们的区别不过是你可以说出口而我不能，即便你比我漂亮，你还是和我一样，我们都没有告白的勇气。这样一想，米娜反而平衡了。然而，是从什么时候，这种平衡开始被打破的呢？

也许是亲眼看着他们的互动增多的时候，也可能是察觉到彤彤的倾诉中甜蜜因素的增多。总之，彤彤所诉说的一点一滴，她的一颦一笑，所有细小到当事人都不会注意的细节都在折磨着米娜的神经。米娜原本只是羡慕彤彤，现在却完全变成了嫉妒。为了减少自己所受到的折磨，米娜开始毫不客气地打击彤彤，在所有她开心的时候泼冷水。数次之后，彤彤也变得沉默了，不再在米娜面前提任何关于天佑的事。米娜和彤彤越来越疏远，原本一起上学放学的两人，开始形同陌路。

这个局面最终因为天佑的转学被打破，知道消息的时候，米娜都不知道该摆出什么样的表情。只有这个时候，她们才深切地体会到十七岁的无助，外界一个小小的波动，都能在他们的天地掀起惊涛骇浪。据说天佑的父母经常调动工作，因此从小到大他一直在转学。因为不知道能在一个地方待多久，所以他根本不敢与同班的人交往过深，以免日后分离的时候难受。说这些话的时候，天佑的嘴角轻轻上扬，却带着一点点悲伤。本来应该是毕业时才会出现的留言册开始在班上传递，米娜看着天佑递过来的那还散发着芬芳的留言纸，忽然紧张得说不出话来，天佑好听的声音在面前响起："都没和你说过什么话呢，可惜现在想说也没什么机会了，帮忙写下可以吗？"米娜咽咽口水点点头，看着天佑离去的背影，她恨自己什么都说不好。

写那张留言纸的时候，米娜大脑一片空白，看看左右，都写的是"一帆风顺""前程似锦"之类的，等她反应过来时，纸上已经有"马到成功"四个字了，歪歪斜斜的字迹给她当头一棒，这样的东西怎么给得出手！就在她六神无主的时候又听到天佑在嘱咐大家尽量贴上照片，已经有不少人写完还给他，眼看着天佑正朝这边一步步走过来，她用书将留言纸盖住，对正疑惑看着她的天佑说："我还没写完，晚上贴了照片给你吧。"说话的时候，她甚至紧张到有颤音。天佑点点头，微微一笑便走开了，米娜这才发现自己的手心满是汗，她左右看看，并没有人发现她的异常，不禁松了口气。然而，谁知涌上心头的酸涩马上又让她透不过气了，他马上就会离开，说不定这辈子都没有见面的机会了。《情书》里的男孩藤井树就是因为转学的缘故离开，之后两人再也没有见过。这么想下去，米娜越来越觉得不安，虽然觉得荒谬，可是渐渐逼近的离别之痛还是让她几乎掉下泪来。她红着眼看着和男生们有说有笑的天佑，难得他也有活跃的时候。如果这个时候哭出来一定会引起别人注意的，如果是那样，那么她藏了这么久的心事一定会暴露，为了掩饰自己的情绪，米娜恋恋不舍地收回投向天佑的目光，趴在桌子上将头埋进去。

最后一节自习课上，班主任提议大家给天佑开个欢送会，男生们拿着扫帚当吉他和话筒，凑在一起唱《光辉岁月》，逗得大家笑个不停，米娜也跟着笑，笑着笑着，眼泪终于顺畅地落下来，好在班上不少人都在哭，也不算太夸张。虽然还只是高二，可是一想到一年后大家就要各奔东西，这让从初中就在一块的学生们心里都不免伤感。米娜看看彤彤，她的眼圈也是红的，她们隔着人群对望着，看着对方的眼泪，不动声色。

电影到高潮之后就离结局不远了，而情绪达到顶峰后人也会变得释然，不管有多不舍，还是没有人错过当天的晚餐。米娜忙着回去找照片走得很早，等她吃完饭匆匆赶回学校的时候，大多数人都还没有到，教室里，彤彤一个人坐在教室里发呆。米娜没有说话，经过彤彤身旁时彤彤轻声说："我跟他说我喜欢他，他吓跑了。"米娜回过头，彤彤的眼泪已经掉下来了，她哽咽着说："我不后悔，一点也不后悔。"米娜沉默了半晌，掏出钱包看了看，出了教室，不多时，她提着一大堆零食回来了，两人上了楼顶，楼下人来人往，夏季傍晚特有的凉风在身旁绕来绕去，她们都没有说话，只是闷头吃零食，等两人都吃撑的时候，已经快上课了。彤彤扭头问米娜："我眼睛还肿么？"米娜点点头，彤彤笑着对米娜说："你也是。"两人干脆向老师请病假逃了课，走到学校旁边的那家小KTV找了个包间关上门开始尽情吼歌。

走出KTV的时候，天上已满是繁星，米娜和彤彤相视一笑，默契地没再提天佑，这一场暗恋就这样揭过去了。也许十几年后，大家都记不得自己当年暗恋过的那个人的模样，但是一定会记得失恋时陪在自己身边的那个朋友的脸，即使彼此是情敌。

幸福小贴士

不知道是不是每个人小的时候都喜欢过什么人，安安静静地喜欢，不叫任何人知道。喜欢和不喜欢，都是自己的事。我个人很赞同一个观点：喜欢并没有什么了不起，不能借着喜欢的名义给对方造成困扰。

少年时的喜欢往往很容易就会发生，也许只是因为一个微笑，一个投篮的姿势，一个爱吃零食的习惯，两颗一笑就会露出来的小虎牙，一切在大人眼中看起来无足轻重的细节，就让你挂怀不已。然而这种轻易发生的喜欢也很容易消散，也许只是一句粗话，一丝异味还有一个糟糕到底的不良习惯，就能让这种喜欢分崩离析。

珍惜此刻的心情吧，因为你不知道下一秒它是不是已经改变。"喜欢"是一种美好的心情，它可以推动你的成长，充盈你的情感，给你一份珍贵的回忆。

遇见

　　我们的人生，总是会有一些还来不及开始就已经结束了的故事，它们悄无声息，在我们生命中留下不可磨灭的印记。我们穿行在人流中，不可避免地会与很多人碰在一起，有一些是我们喜欢也喜欢我们的，有一些是讨厌我们我们也讨厌的，还有一些是彼此视而不见的。不管是怎样的遇见，都值得我们珍惜，因为我们都不知道，是否还有重逢的机会。

　　他们的故事开始于夏天，也结束于夏天。夏天是她最喜欢的季节。她最喜欢夏日午后忽然一阵落下来的雨，哗啦啦倾盆而下，让人觉得无比畅快。她是如同夏雨一般明亮畅快的女孩儿，从来没有想过自己会拥有春雨一般欲语还休的心情，也没有想过有一天自己会感受到如同冬雨一般彻骨的寒冷。

他们初遇在回家的公车上，那是她上高中后的第一个暑假，她抱着重重的一摞书坐在公交车上，他坐在她的旁边，两人隔着一条过道。如果不是她旁边的大叔要下车，她甚至直到下车都不会注意到他。那个臃肿的大叔下车时撞到了她，她的身子一倾，怀里的书落了一地，犹如雨落。她一下慌了，忙弯腰去捡，谁知捡了这本又掉了那本。这时坐在一旁的他看不下去了，低声对她说："你坐好，我来捡。"说完他便弯下腰将书一本本捡起来。她也只好作罢，开始整理自己怀里的书，整理完，她扭头去接他手上的书，一双明亮的眼睛闯入她的眼帘，她呆呆地看着，心想，原来所谓深邃的眼神是这样的。之后她边慌忙接过对方手中的书边道谢，对方只是淡淡一笑。她将手中的书一本本整理好，没话找话地问他："你也是某某中学的学生吗？"他点点头，她又问了他的班级，原来他同她的好友在一个班，他忽然轻声笑道："经常看你过去找她呢。"她觉得有些心慌，低下头，装作什么也没听到一般问他："你们暑假要补课吗？"他摇摇头，她低声抱怨到："我们暑假还要补课，真是太讨厌了。"他只是笑笑不说话，她也不知道接下去该说什么才好，只好沉默。气氛一下变得尴尬起来，好在没过多久便到了终点站，她逃命似的跑下车，只匆匆给他留了句"再见"。

接下来便是沉闷的暑假，在家逍遥了十多天之后她又回到了学校，开始了暑期的补课生活，整天忙于学习的她每天早上都会特意给教室门口的两株红色小花浇水，那段时间她最大的乐趣莫过于数又开了多少朵小花，而公交车上的那双深邃的眼睛，渐渐被她抛到了脑后。

就在她快要忘记这段公交车奇遇的时候，开学了，他再次出现在她面前。还是那双眼，直直落在她身上，她觉得有些慌了。上高二之后，她们的教室搬到了一栋老式教学楼里，同他的班在同一层。不知道是特别关注了还是怎的，自从教室在同一层后，他开始变得无处不在。每次下早自习后她总是第一个冲出教室，为了能够在人真正多起来之前帮自己和同桌买到早餐，而每当她跑出教室的时候总会看到从走廊的另一端跑过来的他，他也是第一个冲出教室的人。她避开那直直看过来的探寻目光，觉得十分难为情，毕竟跑得这么快只是为了买早点，对一个女孩子来说实在算得上是件丢脸的事，而这样的事，她不希望暴露在他面前。

早自习的相逢只是他们一天中无数次遇见的序曲，在接下来的时间里，他们会相遇在食堂、操场、楼梯的拐角，花坛的两端以及所有她会经过的地方。最频繁的时候他们能在短短两个小时里相遇六次。通常情况下，只要她下课后到外面的走廊上远眺，就能看到他同一群男生一道站在走廊的另一边，似笑非笑地看向这边，眼神仍旧深邃。这样频繁地遇见让她开始觉得有些不安，她下意识减少出教室的次数，也不再在下早自习之后第一个冲出教室，不再在校园里无所事事地游荡，一段时间后，他们相遇的次数果然下降了不少，甚至到最后，他们可能一个星期都不会遇见一次。她稍稍觉得安心。日子就这样继续波澜不惊地过着，一天不见，数天不见，一个月不见，她又开始忘记他了。她的世界有很多很多东西需要她花费心思去探寻和铭记，而他们，只是说了几句她都快记不起的话而已。那时几米的漫画开始在校园里风靡，女孩子们头一次知道，这个世上除了漫画，还有一种美丽的图书，叫作绘本，原来也有人肯为大孩子、老孩子写童话。随着同名电影的风靡，稍微文艺一些的少女们都会说那两句经典的台词："人生充满巧合，即使是两条平行线，也会有相遇的一天。""人生又充满变幻，即使是握在手中的风筝线，也会有忽然断掉的一天。"

　　她一个人走在紫荆花盛开的路上，觉得做平行线也没什么不好，至少可以相伴相随到永远，而相交的两条直线，一旦相遇，之后便是永世不再相见。如果不是再次相遇，她甚至都不知道他会在她心中激起这么大的波澜，她从来没有想过原来自己已经开始这么在意他，在意这个多次相遇却再也没有交谈过的人。而这一次相遇，他不再是一个人，他的旁边，一个女孩儿笑得格外灿烂，他们狭路相逢，在路灯的柔和光线下，她能清楚地看到他的嘴角也上扬着，这是她第一次看到他笑，以前他们相遇时，他的表情总是似笑非笑，带着一点神秘，现在想来，其实那也可以算作没有表情，算作无视，她以为他们是相遇，说不定对方根本没有注意到她。片刻之间万千思绪一齐涌上她的心头，她无暇再去辨别，因为他们越来越近了，她假装镇定地走过去，与他们擦身而过。等他们走远后她才发现自己的手心满是汗，心里空荡荡的茫然若失。回到教室后她开始收拾心思一心一意拿出书自习,却半天看不进去一个字,目光胶着在纸上,这时她忽然意识到自己方才是背着光走的,那个人根本不可能看清她的样子,这样想着她微微松了口气。然而随即她的神经又绷了起来,他有没有见到又有什么关系呢?他们什么都不是,不是吗?自己这样简直就像一个笑话。狠狠压下心底不断上涌的酸涩,她打起精神开始看书。这星期还有好几场考试,有很多单词还没记住,有几种解法还没有弄懂,有几篇文言文还不会翻译,她有数不尽的东西需要去背去记去听写,她根本没有时间为一个无关的人再伤神。她急切地看着书,恨不得将所有的字嵌入到脑海中。

接下来的几天,她不再如从前一般边走路边东张西望,而总是低着头逃亡一般冲回教室。只有这样,她才能真正避免同他相遇。然而,必不可避。不知道从什么时候开始,只要她走出教室一抬头,总是可以接触到他的目光。他简直就像是守在那个地方一样,万年不变的姿态,万年不变的眼神,边漫不经心地与身边的人说话边往她那边看。她咬咬牙,低着头匆匆上楼又下楼。即便他真的是在看她又怎样,仍旧什么都不会发生,所以还不如装作无知无觉。她打定主意要做危险来临时将头埋进沙里的鸵鸟,而他,无疑是可能引爆她平静生活的危险源。

秋天就在这样的观望与逃避中结束了,当冷空气夹带着风霜造访他们所在的小镇时,所有人都换上了冬衣来迎接又一个冬季。每周一例行的晨会上,她的语文老师,学校的政教主任正在念那些没完没了的校规校训，她站在下面不停地打喷嚏，好不容易等到校训结束，之后便是通报表扬和批评。先是表扬，之前的作文竞赛的结果已经出来了，她的命题作文《课文中的爱情》得了个二等奖，老师嘱咐晨会后要上去领奖品，她站在寒风中，只觉得浑身发冷，胡乱点点头便站在原地打瞌睡。之后是通报批评，昏昏沉沉中她听到了他所在的那个班级，据说是发生了斗殴事件，有两个人需要回家思过，她觉得他一定榜上有名。回教室的时候，她已经有些头晕了，拿着同学帮忙领回来的奖品昏昏沉沉往教室走，在楼梯上正好遇上正要下楼的他，他们对视一眼，然后匆匆擦肩而过。

接下来的一个星期她果然没有再见过他，她的直觉是对的，他的确是那次斗殴中的一人，甚至有可能是挑起事端的那一个。她觉得心里苦苦的，不知道是因为一直没有痊愈的感冒，还是因为确定他不算一个传统意义上的好男孩儿。一个星期后，他又出现在他经常站的那个地方，她远远看见，特意挪开眼神，不再给他眼神交会的机会。渐渐地，他开始彻底走出她的视野。原来只要你不想去看，就真的可以做到视而不见，她自嘲地想。有时候当然也会想起他，却不是站在教室外的他，而是初次相遇时公交车上的他，那时根本没有注意到的细节在她的想象中被勾勒得无比精细，比如穿过车窗投射在他脸上的阳光，比如给她捡书时那双大大的手，还有他衣服上拿着鲜花细嗅的史努比图案……所有这一切，在她脑海中如同走马灯一般来回闪现，然后她想，这是否就是喜欢呢？在遇到他之前，她喜欢过《网球王子》里的不二周助，还喜欢过宫崎骏动漫里那个猫娃娃公爵，喜欢过《秦时明月》里的子房，喜欢过古龙笔下的花满楼……她喜欢过很多很多人，可是感觉和他都不同。她从没喜欢过现实生活中的人，所以她不知道那是不是就是喜欢，她又不想去问别人，不仅是因为羞涩，还因为，每个人的喜欢都是不一样的，别人的喜欢，未必就是自己的喜欢。这样的纠结并不会持续很久，因为在想象之外，她很清楚地知道：即便自己是真的喜欢那个人，现在的这个局面也不会发生任何改变，她既不知道对方的想法，也不喜欢自己喜欢上一个不良少年。

时光飞逝，在她还来不及辨别清楚自己的心情时，他们已经步入了高三，他们又换了教室，这一次，她在楼上，他在楼下。她不可避免地每天要上下楼梯很多次，几乎每次，都能看到站在楼梯口的他，他有时候抬着头，恰好能与她投递下来的目光撞个正着，有时候又往下看，而她正好上楼，经过他站的那个楼梯口。她面无表情地走过去，再面无表情地走过来，只敢偷偷用眼角的余光打量站在那里的他。即便她装得再若无其事，看到他的时候，还是会紧张。后来，他渐渐不在楼梯口出现了，她有些怅然若失，上下楼的时候，会习惯性地看向那里。那天，她从楼上往下走，他并没有在那里，她有些失落，他却忽然出现在她的视线中，她一下慌了神，来不及收回目光，四目相对，他忽然笑了，嘴角微微上扬，笑得有些坏。她落荒而逃。她再也不敢在他所在的楼层逗留，即使是去找认识的同学，也是匆匆忙忙去然后像只兔子一般逃回自己的教室。他们本来有一个可能的，可是在她不断地逃避中，他们的故事只能还没开场就落下帷幕。

在无数次对视中，她记得最牢的是那一次。那是一次放假后，她一直等不来回家的公交车，只好沿着公路慢慢往家走，太阳很大，她撑着伞边走边低声唱歌。在一个拐弯的地方，忽然拐过一辆三轮车，这种车子在小镇上很常见，经常做学生的生意。她不经意地看了下，直直撞到他的目光。他正坐在车厢后面，面朝着她，很显然，他也有些吃惊。旁边的人在对他说着什么，他随口应着，目光还是落在她身上。眼见同车厢的人也要顺着他的目光看过来，她忙用伞挡住了脸，听着车子的声音越来越远，她放了心，撑起伞，却看到他仍然看着这边，这一次，她没有避开，与他远远对视，看着对方离自己越来越远。渐渐地，他的面容模糊了，只是，他看向这边的姿势没有改变，她忽然觉得很想哭。虽然他们再也没有说话，看着他越来越远，她心里有一个声音在不停地说："结束了，结束了。"是的，结束了。不管她曾为那个目光怎样心动过，这段并不明了的暗恋，到这一步，已是终点，而这，是这个故事最好的结局。

幸福小贴士

在最好的年纪，他们玩着捉迷藏，你进我退，你躲我寻。没有赢家，也没有输家。这样的一场纠结，在他们各自成年之后，也许无足轻重，可是这样的爱恋，在那时也实实在在困扰过他们。不管是怎样的爱恋，希望你可以记住以下几条准则：

1.在对你爱的人做出承诺前，你必须有履行承诺的实力。

2.爱情包括"爱慕"，责任也是它的组成部分。

3.被人喜欢是一件幸福的事，但喜欢从来不对等，所以即便你喜欢的人不喜欢你，这也只是一种常态，你不必悲伤，因为喜欢从来都是你自己的事，也不要怨恨，因为对方有不喜欢你的权利。

拥有一封属于自己的情书

每一个你，都是令人倾慕的爱丽丝。

在青葱岁月里，如果未曾收到过情书，算不算是一个遗憾呢。不管承载那份倾慕的媒介是怎样的简陋，也不管阐述那份心情的文字是多么浅白，能够拥有一封属于自己的情书，算得上一件好事吧。说不定，情书会像辛德瑞拉的魔法，可以将平凡的灰姑娘变得光彩夺目。

小梅是一个正值花季的女孩儿，虽然有着美好的年纪，但自认是那种一旦陷入人海连一个气泡都不会冒出的普通女孩子。小梅是那种少有的一板一眼的少女，除了写那些没完没了的功课，她最大的爱好就是不动声色胡思乱想，质疑一切传统观点，然后将结论慢慢自我消化掉。每当小梅在家里将种种现实分析得头头是道时，爸妈总是很担心，小梅只是一个十六岁的小女孩儿，不需要有六十岁老太太的睿智。

在小梅的世界观中，这世上有四种生物：动物、植物、人类，她自己。现在，小梅的座位上放着一封出自人类之手的情书。小梅之所以断定这是一封情书是因为经过仔细观察之后她发现它与普通信件存在着本质区别：第一，信封上没有邮票和邮戳，说明写信的人距离小梅的教室不远，甚至有可能就是本班的人；第二，信封无比花哨，只有十几岁的自以为浪漫的小破孩儿才会选这种信封，小梅这么推断的时候丝毫没有意识到在外人眼里她也属于十几岁的小破孩儿；第三，从信的内容来看这的确是一封告白的信。好吧，小梅一拿到信就以为是给自己的，所以没有细想直接拿出来看了，等她意识到这是一封情书而且不是写给自己的时候，她已经看到了信的最后，信的最后一段是这样写的："在茫茫人海中能见到你是一种缘分，可惜我至今不知道你的名字，所以希望可以称呼你为'爱丽丝'，另外，这封信在到达你手中之前，可能误入他人之手，我希望不小心看了此信的人，可以帮我找到爱丽丝小姐，谢谢。"

看到这小梅都不知道该说什么好了。爱丽丝？她仰头想了老久，认定这既不是自己的英文名也不是自己的外号，英语课上老师给自己起的名字是Lucy，所以，这不是给自己的。想到这，小梅心里的小激动小兴奋"啪"的一下碎了。不是给我的放在我桌上干吗！小梅看看自己课桌的地理位置，旁边就是窗台，难怪了，的确很方便"作案"。可是，班上也没谁有"爱丽丝"这么洋气的英文名啊。小梅眯了眯眼，又拿着信仔细读了一遍。找爱丽丝啊？说得容易，我到哪里去找啊。小梅有些抓狂，但是天性善良的小梅又不忍将别人的劳动成果直接丢到垃圾桶，而且就信的内容来看，写信的人貌似喜欢爱丽丝已经很久了，能鼓起勇气真是不容易啊。小梅决定找出爱丽丝。

　　信中的爱丽丝是美丽的，据说头发很漂亮，乌黑亮丽，然后笑起来很好看，很有爱心，喜欢小动物……小梅总结了半天，还是找不出与之完全符合的人选，她干脆直接走到班上最漂亮的女孩儿阿萌面前，将信递给她，对她说："你看看，这是不是给你的？"阿萌好奇地接过信，只扫了一眼脸就红了，迅速将信塞到桌子里，小梅见她这样，以为找到写信人的真命天女，放心离去，边走边想：阿萌不愧是班花，瞧她那速度，那神态，一定经常处理这样的信，写信的那小子眼光不错嘛。小梅虽然睿智，但是偶尔熊熊燃烧的八卦之心还是可以让她枯燥无趣的人生变得有滋有味，所以小梅不介意再当几次信鸽，可是才下课，阿萌就走了过来，把信还给了她："我读了，觉得我不是他说的那个人。"小梅愣了："为什么啊？"阿萌脸红了："这里面说爱丽丝喜欢接济流浪猫，可是我对动物的毛发过敏，根本不敢接近有毛的动物，更别说去抱它们了。"小梅快快不乐地将信接过来，原来如此。阿萌也有些沮丧："我最喜欢小猫小狗了，可是家里根本就不能养，唉。"小梅在心里暗想：这世上竟然有怕猫的体质，真是无奇不有啊。这时阿萌又对小梅说："爱丽丝是不是指小美啊，你看这信里写爱丽丝有一头美丽的头发，我们班上就属小美的发质最好，也最会梳头发，上次林蓉的那个辫子就是她帮着梳的呢。"小梅觉得有道理，正要去找小美，阿萌拉住她："小梅，这信我们还是放学后悄悄给小美吧，你这样过去，大家都看着呢，万一传到老师耳中就不好了。"小梅一拍脑袋，懊恼自己的粗心："阿萌，还是你想得周到，不如放学后我们一起去吧。"阿萌点头答应了下来然后回自己的座位了，小梅将信放回桌子里开始专心准备上课的东西。

好不容易熬到放学，阿萌和小梅叫住要离开的小美，等班上的人都走了之后，小梅拿出情书递给小美："小美，这里有封信好像是写给你的，你看看。"小美好奇地打开信，认真读起来，看着看着小美的脸开始红了，看到中间又皱起眉头，待看到最后显然有些吃惊，忙又将信从头到尾看了一遍，小梅和阿萌在一旁默默地想，和我们看时的反应一样。小美看完信又将信还给小梅："小梅，这封信你是在哪里看到的？"小梅答："就在我的课桌上啊。"小美问："这信在你桌上，肯定就是给你的啊。"小梅斩钉截铁地答道："这是不可能的！"阿萌笑了："小梅你怎么这么肯定，你要更自信一点才好啊，我觉得你很可爱。"小梅摇摇头："我根本没有一头乌黑亮丽的秀发。"小美和阿萌看着小梅发黄的头发，想到小梅那个"黄毛女"的外号，顿时无语。半晌阿萌回过神来，说："小美，你为什么说你不是爱丽丝呢？"小美说："我的头发发质虽然不错，但是这里面说爱丽丝每天从花径上走过，就像天使一样。我家附近根本没有花，来学校的路上也只有香樟树。"小梅又一次失望了，小美安慰她："明天我们再多问问班上的同学，一定可以将信交到爱丽丝手上的。"小梅感激地看着阿萌和小美，三人一起有说有笑回了家。

第二天，小梅、小美和阿萌分头问班上的同学，有没有谁来学校的路上能看到花，胖哥一抬手："我上学的那条路上凤凰花挺多的，风一吹，花瓣飞得到处都是，就跟下雪似的。"小美三人面面相觑，有花瓣雨又怎样，你又没有乌黑亮丽的秀发，也不喜欢小动物，等等，胖哥的发质也不错，而且，她们也不知道胖哥喜不喜欢猫，可是，他是男生，直接出局！话虽如此，小梅还是忍不住问胖哥："胖哥，你喜欢猫吗？"小梅话一出口就囧了，小美和阿萌看着净重65公斤的胖哥兴奋地点头开始讲他的养猫史，都无语了。这时旁边的吴静说："我每天走的那条路上有家花店，我记得是黄雯雯她们家的，里面的花可好看了。"小梅和小美忙凑到黄雯雯的身边打听。黄雯雯是班上最老实的女生，沉默寡言，小梅和她同班三年，说过的话不超过二十句。因为小梅她们三个和黄雯雯都不熟，也不好突然拿出情书给她，只好先向她打听各种花的花语是什么，没想到向来内向的黄雯雯说起花来头头是道，不仅给她们讲了常见的花的花语，还教她们如何插花，要不是因为听到上课铃声，她们都不想回座位了。中午吃过午饭，几个人又围在黄雯雯身边听她讲各种花的花语故事，其中几种花小梅她们都没见过，便相约下午放学后大家一起到黄雯雯家的店里看花。等大家意犹未尽地从黄雯雯家里走出来时，小梅才忽然想起还有情书这回事。算了，明天再给她。

然而，让小梅失望的是，黄雯雯看过信也说自己不是爱丽丝，几个小女生聚在一起将那封信翻来覆去地看，又选出几个"可疑对象"，然后一一去试探，结果让众人大为失望的是，候选人总有一点或几点和爱丽丝的特征不相符。不过，也不算完全没有收获，比如，在寻找爱丽丝的过程中，小梅和班上的女生越来越熟，进而在她们身上挖掘出了不少优点。比如甘蓝虽然成绩一般，却是做甜点的好手，据说是身为甜点师的母亲言传身教的结果。在挖掘出甘蓝的这个强项的第二天，甘蓝就给女孩子们带来了自己做的布丁，小梅、小美几个吃得满脸幸福，据说甘蓝以后的梦想就是做甜点师，小女生们纷纷承诺日后必定会去照顾她的生意。然后是林默，这个班上最矮的女生居然会拉大提琴，可是，大提琴看上去比林默还要高，拉这个真的不要紧吗？小梅看着林默和大提琴站在一起的合影，忽然觉得忧心忡忡。

随着寻找工作的不断深入，很快，爱丽丝成了全班女生的秘密。现在，寻找爱丽丝已经成为女生们课后的消遣之一，而且在各种讨论分析中，班上的女生感情越来越好，渐渐地，班上三十来个女生都被排除了，小梅看了看手上的那封已经有些皱巴巴的情书，说："算了，不找了，我觉得我们班的女生个个都比那个爱丽丝好，是那个连署名都不敢的胆小鬼没眼光，不用去管他啦。"女孩子们红着脸笑作一团。胖哥看着围在教室后面的女生们，悄声对坐在旁边的邹凯说："你觉不觉得，我们班的女生最近都怪怪的，好像在策划着什么，难道，她们在计划消灭地球！"邹凯拿起桌上的数学书朝胖哥的脑袋招呼过去："让你少看那些乱七八糟的动画片，现在三观都不正了。"胖哥抱头鼠窜。

办公室里，初三二班的老师们也在议论："你们有没有觉得最近班上的女生上课活跃了不少，甘蓝以前上课总是不声不响的，现在居然主动要求上台讲题。"其他老师也纷纷附和，反正以前一盘散沙的女生不知怎么回事，变得很要好，也很团结了。保持这个状态的话，年底的优秀班级绝对是二班的囊中之物。就在众人猜测原因的时候，小梅的班主任陈老师在一旁笑得高深莫测："相互帮助自然会提高，即便是开糕点店也要会算账啊。"老师们听得一头雾水，不过，学生有进步就是好事，管它是出于什么原因呢。

下班回家的路上，陈老师在打电话："亲爱的老婆大人，你还记得当年你给我写的情书的内容吗……"

谁是爱丽丝都不要紧，在我眼中，每一个你，都是令人倾慕的爱丽丝。

幸福小贴士

每个女生都是可爱的，每个女生都是令人倾慕的爱丽丝，只有当你用赞赏的眼光去看他人时，你才能发现他们身上的闪光点。人生在世，不管是怎样的人，都会有一两个优点来安身立命，学会发现别人的优点并衷心给予赞赏，本身就是最大的优点。人类出现在地球历史的最后半分钟，而在短短的这最后半分钟时间里，人类学会了仰望星空，俯视大地，作为人类降生在这个世上，本身就是一种幸福，每个人都是一个奇迹，所以你没有理由自卑。

1.相信你自己，找出自己的优点，不论它看上去多么微不足道。

2.学会真诚地称赞他人，这有助于你树立良好的品行。

3.不要羞于向他人请教，不管对方的社会地位是高于你还是低于你，三人行必有我师，只有谦卑学习的人才有可能站得更高。

4.你要多爱自己一点，因为你来这个世界一趟不容易，花更多时间去学习、游戏、交友、赏花吧，不要太贪恋你的床，你只有不足百年的时间来做这些事，而百年之后，你将有数之不尽的时间用来沉睡。

"软蛋"爸爸

　　这个世上有很多蛋，鸡蛋、鸭蛋、鹅蛋、鹌鹑蛋、恐龙蛋，坏蛋、笨蛋、傻蛋、臭蛋、混蛋……这么多蛋，最让她生气的就是"软蛋"，她的爸爸就是一个"软蛋"。她不想要这样的爸爸，这样的爸爸还不如一颗恐龙蛋。她理想中的爸爸人选有无数个，却没有一个像他这样的。

　　她无数次地幻想隔壁的刘叔叔是自己的爸爸，刘叔叔高高大大，浑身像有使不完的劲儿，手臂也很有力，甚至可以让刘末在上面打秋千。如果刘叔叔是她的爸爸，她就不怕被别人欺负了，因为有个威武的爸爸会给她出头。可是刘叔叔不是她的爸爸，他是刘末的爸爸，从来没有人敢欺负刘末，所有人都敢欺负她；她又会想，班主任周老师是自己的爸爸就好了，周老师文质彬彬，很有学问。如果周老师是她的爸爸，一定会教她很多很多知识，给她买看不完的书，让她的成绩比任何人都好，这样所有人都会羡慕她。但是周老师不是她的爸爸，周礼才是他的孩子，所有人都夸周礼是个懂事的好孩子，而她只是没娘要的"小白菜"。那些村子里的知名人物都不是她的爸爸，她的爸爸是个"软蛋"。

她在学校受欺负了，软蛋爸爸会跑去找那个欺负人的家伙，可还没等他教训上那个混蛋，那孩子的父亲就来了，一番交涉后他总是先让步，点头哈腰地跟人家道歉，让她气得直咬牙。她不会做功课，问他还不如靠自己，因为他大字不识一个。她攀到树上想去摘个桃儿，他在下面呼天唤地叫她下来。要是刘叔叔，一跳便能摘下来，他嘛，根本指望不上，没办法，谁叫他还是个瘸子呢？她看着他讪笑着拖梯子过来，只觉得怒火中烧，白了他一眼跳下树，任凭他在后面讨好地呼唤："英英，等下，爸这就给你摘桃子。"秀英，她讨厌死这个俗气的名字了，一看就知道是村子里出来的，也只有他这个文盲才能取出这么难听的名字。她捂着耳朵跑进屋子，"砰"一下关上了房门。她看他是越来越不顺眼了，又窝囊又穷，她真是嫌弃死他了，如果一切可以重来，她宁可自己夭折也不愿降生到这里做他的女儿。

其实从前并不是这样的。小时候她很喜欢他，虽然他比不上她见过的任何一个爸爸，她还是觉得他是世界上最好的爸爸。他嘴笨，却很会做木工，经常用小木头给她做玩具。那时她有一个破旧的洋娃娃，是她从别人家的垃圾堆里捡来的。虽然娃娃的头发已经大把大把地脱落了，身上也脏兮兮的，她还是觉得那是世界上最好看的娃娃，因为它是属于她的。父女俩兴致勃勃地为娃娃起名字，他只会取些"秀芬""柳儿"之类的名字，她也不嫌弃。最后娃娃被命名为"美丽"，他给小美丽做袖珍的椅子，小小的床，甚至还有一个只有他指尖大小的宝盒。她则拿着针给美丽缝衣裳，针脚歪歪斜斜，布片上到处都是线头，他还说好看，一个劲儿地夸她手巧。

那是他们一生中最幸福的时光。那时她总喜欢听他喊自己的名字，只要他一喊："英英，回来吃饭啦。"或者"英英爸爸回来啦。"不管她在哪儿，都会撒开脚丫子往家里跑，扑到他怀里撒娇。可是，那样的时光，随着她的归来而烟消云散。

她是她的妈妈，但是她永远都不会这样叫她，她不是"妈妈"，而是"那个女人"，那个抛弃了她的女人。在她年幼的时候，每当她哭着喊妈妈，奶奶总会打她，不准她喊。奶奶说，那个女人家很穷，因为看中他们家丰厚的彩礼便嫁过来了，嫁过来后好吃懒做，家务农活不见她动一根指头，还挑三拣四，嫌自己的男人没本事。每说到这里奶奶都会愤愤地说上一句："要不是我们家儿子愿意娶她，她能嫁给谁，二十岁的老姑娘还好意思挑。"之后女人生了个丫头，婆家还没说什么，她自个儿就不乐意了，说是对不起婆婆，收拾了两件衣服就回了娘家，也不管刚出生的孩子的死活。她哪里是觉得对不起夫家，分明是找个由头回去。孩子没有奶水吃饿得哇哇直哭，他没有办法，将孩子交给母亲照看，自己去岳父家求妻子回家。那年下了很大的雪，路面都结冰了，他走得很急，结果不小心摔到沟里摔断了腿。妻子一见愈发不肯回来了，待奶奶领着族人到亲家那里"请"媳妇时，那个女人早已连夜跑到了外地，她是铁了心要抛夫弃子。奶奶一说到这里就止不住落泪："我们家是造了什么孽，招来这么一个祸害。英英啊，她是一口奶也没给你喂就跑了，要不是同村的宋家媳妇生孩子时不时给你送一口奶，你早就死了。你以后要是认那个女人，奶奶就是死了也不瞑目啊。"因为憎恨，老人也许夸大了事实，可是那个女人的确抛弃了她，在她刚出生的时候。只是这一点，便足以抹杀她心底对那个女人抱有的生育之恩。

奶奶过世后，他们的日子开始变得艰难，从前还会有人找他做家具，靠着这点手艺，父女俩的生活还勉强过得下去。可自从村里通了公路之后，大家都习惯去镇上买现成的时尚家具，没人看得上他做的老古董了，她也变得不像小时候那般愿意与他亲近了。洋娃娃早就不知道扔到哪儿去了，她也早过了玩玩具的年纪。当电视在村子里越来越普及时，他们还只能守着一个老旧收音机听广播。每天教室里都有同学在热烈讨论连续剧的剧情，她却永远也插不上话，她变得孤僻沉默。即便是这个时候，她还是尊重他、喜欢他，知道他一直努力挣钱让自己过得好，她很懂事地开始不再闯祸。她并不在意自己的衣服旧，吃得比别人差，她知道他已经尽力了。她不再像个野丫头那样整天在外面疯跑，她学着煮饭，学着炒菜。第一次做出的饭下面糊上面生，菜也咸得像掉到了海里，他却吃得很高兴，说她聪明，不用教就会做饭了。他总是这样，像哄小孩儿一样哄着她，她却一点也不觉得高兴。她看着他的脸，忽然发现他老了，眼角有了皱纹，头上有了白发，连身材，也不像从前那般高大了。可是，他还不到四十啊。

家里没个女人终究不行，她第一次来月事的时候，吓得要死，她以为自己要死掉了。没有一个人来告诉她该怎么做，她绝望地躲在被子里哭，她还不想死啊，她还没有挣钱，还没有孝敬他呢。后来还是他请来隔壁的大婶，才安抚住她。直到那时她才知道自己的成长路上到底缺失了什么。没有母爱，她还是顽强地长大了，可这并不意味着她不需要母爱。那个女人走后，也有人给他说亲，可是她不干，她将所有上门说亲的人都赶了出去。生母尚且待她如此残酷，难道她还能指望后母待她好吗？不少人说她不懂事，他只是笑，送走了媒人，向她保证不会找一个后妈回来欺负她。她这才破涕而笑。两人相依为命，本来生活得好好的，那个走了十四年的女人，却突然回来了。

当年她是落荒而逃，如今却颇有衣锦还乡的架势。明明是理亏的一方，却以盛气凌人的姿态走进了这个她已经快要遗忘的小破屋。当年她就是奔着这两间砖瓦房才嫁给他的，没想到这么多年过去了，这房子还没修。她不屑地看了一眼自己的前夫，将自己的现任丈夫迎进屋。他站在角落，客客气气地请他们坐下，又是端茶又是送水的，还让她赶紧去买两斤肉回来。她正要去，女人叫住她，将她拉到身边细细地看，她闻到了一股很好闻的香味，女人打量她的时候，她也在悄悄打量着女人，虽说女人比他小不了几岁，可如今看来，两人几乎是两代人，女人见她的衣袖都起了毛边，便皱着眉说他："怎么这样的衣服还给她穿？"他的脸一下变得通红，有些局促不安。

女人不知道的是，即便是这件起了毛的衣裳，也不是他给她买的，而是邻居淘汰下来不要的。她从小到大就是穿着百家衣长大的。这一切，这个外表贵气的女人一无所知。女人没看他的脸色，自顾自地继续说道："我这次回来没有别的事，就是要将英子带走，是叫这个名字吧。你也真是，给孩子起这么难听的名字，算了，以后再改吧。这地方太偏了，孩子念书都不方便，英子跟着我可以读好一点的学校，以后我还要送她出国。当然，我也不是白带她走，我会给你一定的补偿的，怎么说你也养了她这么多年，我不是那种没良心的人。你一个人嘛，怎么过还不是过。你看怎么样？"女人看着是一副商量的样子，却丝毫不在意他的回答。这个孩子，她志在必得。他脸色惨白，嘴唇哆嗦了半天，然后吃力地问："你真的会送英子出国，让她过好日子？"女人傲慢地说："那是当然，我先生现在在广州办厂，供一个学生还是供得起的。"男人沉默了半天，慢慢抬起头："那……"他还没说完，她便打断了他："爸，这个女人是谁？"

女人愣了一下，然后笑着说："瞧我，说了半天还没自我介绍呢。英子，我是你妈妈。"她没有理那个女人，而是盯住他：

"你要把我送出去，是不是？"他急急地辩解："英子，你听我说……"她大吼着打断了他："你就说是不是？"男人艰难地点头。她只觉得一时间天旋地转、心冷如冰。那个女人还想说什么，她已经不想听下去了。她拿着扫把将女人和她的丈夫打出了门，女人想来拉她，她站在门口将女人骂得狗血淋头。所有恶毒的粗俗的不堪的言语，从她稚嫩的胸腔中不断往外涌，女人被她恶毒的言语攻击得差点昏厥。那个所谓的继父想上前来打她，这时他从屋里冲了出来，手里拿着菜刀，围观的人忙上前拦着他。那个女人和她的丈夫落荒而逃。她看着他们远去的背影，坐在地上放声大哭起来，为什么，为什么，连他也不要她了。

这件事后，她开始彻底无视他，不管他怎么辩解是为了她好，她始终不肯原谅他。她开始拼命地学习，只不过不再是为了挣大钱孝敬他，而是为了离开他。她要考到市里去，远远离开这个带给她无数噩梦的村子，离开他。

市重点学校的通知书来的时候，他逢人便讲，闺女争气，考上了好高中。别人也应和，说他好福气，以后就等着享福吧。他听了笑眯了眼，被生活压弯的脊背也仿佛一下子直了。她在心里冷笑，他还不知道，她就要离开他了。

开学的时候他送她去学校，一路上唠唠叨叨地教她要如何做人，如何同别人相处，她听得不耐烦了，冷冷地回了一句："是，就你会做人。你会做人，你老婆怎么跑了，你会做人怎么现在还是穷困潦倒的？"他的话匣子一下关住了，垂下头，仿佛

43

一下子苍老了十岁。她有些不忍，想说什么，但最终还是什么也没说。他帮她办完手续后便回去了，她看着他不再伟岸的背影，忍不住哭了出来。

第一个假期，她借口学业忙没有回去，第二个也没有回去……整整半年，她没有回去过一次。他便托同村的学生给她捎生活费。高中不比初中，花销很大，他也尽可能多给她一些钱，据带钱来的同学说，他让她不要太省，他在家里不管怎么困难都过得下去，她在学校太抠的话说不定会被人看笑话。她没说什么，他的一生就是个笑话，自然怕别人看笑话了。眼看要放寒假了，她还是没有回去的意思，这时一直帮她带生活费的同学拦住了她："王秀英你什么意思，你爸把你养这么大容易吗？一次两次也就算了，你寒假还不回去就太说不过去了吧。"她一下激动了："你知道什么，他都打算把我给那个女人了！"那同学说："你爸不过是想让你过得好一点，他有什么错？他还不是为了你。你不知道你妈走的那天你爸在外面喝醉了哭了一宿，说对不起你，没照顾好你。你呢，你就是这样待他的啊？你爸木匠手艺这么好，只要他肯，就是去镇上干活也能挣不少钱，他还不是担心你一个人在家害怕，才一直窝在村子里。你怎么一点良心也没有！"她还想反驳，却发现自己没法反驳。他也许真的是这个世上最没有用的父亲，却用全部身心在爱着她。

放假的时候，她背着买给他的酒迫不及待地回到家中，他正就着咸菜啃着馒头，见她回来，高兴得不知道说什么好，连声说没菜要去买菜。她拦住他说："我是你女儿，又不是客人，哪来这么大的礼。"他试探着问："那，你不生爸的气了？"她重重地点头，抱住了他。

晚上，父女俩坐在一起看电视，她忽然对他说："陈阿姨人挺好的，也是单身，和你也熟，你要不要托王婆婆去问问？"王婆婆是这一带有名的媒婆，据说天底下没她说不成的亲。他沉默了，迟疑了半天问："你不是不喜欢后妈吗？"她一笑："我现在喜欢了。"他点点头："那我明天去问问王婆婆。"说罢，他便扭头专心看电视，她却看到他的耳朵慢慢变红了。她不觉失笑，他真是这世界上最可爱的爸爸。

幸福小贴士

你若安好，便是晴天。对于父母而言，子女的幸福是他们最关心的事。他们幸福着你的幸福，快乐着你的快乐。要什么时候，你才会回头看，看他们双鬓染上的霜华，看他们背上压着的巨石，看他们日益浑浊的眼，看他们夜夜酸疼的腿？在你追寻自己的幸福的时候，有考虑过他们吗？

他们有过怎样的青春年华，有过怎样的岁月故事，我们都不了解也不关心。我们天天与他们相对却看不见他们的衰老。岁月并不能催人老，只有操劳才让人老。我们无法阻止时间在他们脸上身上留下一道道刻痕，但是我们可以让他们剩下的人生变得更加美好。一起加油吧，从现在起，学着守护你的父母。

母亲善意的谎言

在他还小的时候，母亲就教导他要做一个诚实的人，千万不要说谎，可是他觉得，母亲自己却经常说谎。

小时候家里穷，往往一连好几个月都吃不上一顿肉。偶尔买了猪肉，母亲总是精心烹饪。他蹲在厨房门口，安静地等菜上桌。吃饭的时候，他拼命夹好吃的，母亲只是吃些咸菜，他给她夹肉时，她总是说："我不爱吃肉，吃咸菜就好了。"

上小学一年级的时候，因为要走山路，妈妈怕他出事，经常送他去学校。有时候山里下了雨，路会变得泥泞不堪，他边走边滑，妈妈便会背着他。他看着母亲额头上的汗珠，小声问："妈妈累不累，要不我们歇会儿吧。"妈妈总是摇摇头："我不累，马上就到了。"

小学时他成绩好，经常能从学校捧回奖状，妈妈看了笑眯眯的，他得意洋洋地问："妈妈，我厉害不？"妈妈总是收了笑容，轻声说："厉害什么，要下次再考第一才算厉害。"

为了挣钱，妈妈有时候会挑着菜去小镇上卖，他陪着妈妈一起去卖菜。到了小镇上，因为蔬菜新鲜，卖得很快。因为一直叫卖，他很快就口渴了，幸好他们从家里带了水出来。他咕噜咕噜喝着，眼看着水壶里的水只剩一小半了，他问妈妈："妈，你渴不渴？"妈妈摇摇头："我不渴，你喝吧。"

妈妈感冒了，发高烧，他和爸爸嚷着要送她去医院，她一挥手："我没事，睡一觉就好了，去什么医院。"他知道她是心疼钱。

他要去镇上上初中了，妈妈一针一线地给他缝衣服，针一不小心扎到手上，他皱着眉问："妈，疼不疼啊？"妈妈淡淡地用手抹去指尖上的血说："没事，我不疼。"

他初二时，班上不少同学都辍学去打工了，他也想去，当他跟妈妈说时，妈妈打了他一巴掌："你敢不读书，就别认我了。"他只好又老老实实回到学校。

他高三时，因为压力太大，吃不好喝不好，妈妈便一咬牙在学校附近租了间房子陪读。他那时每天上晚自习，复习到很晚才会回去，回去的时候，妈妈总是坐在椅子上打盹。他轻轻摇醒妈妈："妈，你要是困可以先去睡。"妈妈猛地醒来，揉揉眼睛："没事没事，我不困。你饿不饿？我去给你做点夜宵。"

　　他上大学了，隔一段时间给家里打个电话，妈妈怪他乱花钱，直接在电话里说："不要一直打电话回来，长途贵。还不如用那些钱给自己买点好吃的呢。我在家很好，不想你，挂了。"听得他哭笑不得。

　　他谈恋爱了，领着女朋友回家，女孩儿虽然喜欢山区的景色，但是一看他家的大瓦房，脸就拉下来了。她走出来，他还没来得及叫妈，女孩儿已经直接问道："这是你奶奶吗？"彼时的她已经有些灰白的头发了，而且常年劳作让她的腰有些佝偻，明明还不到五十岁的人，看着却真的有些老。他有些生气，刚要指责女孩，她忙上去拉住儿子："没事没事。我是显老，快，介绍下，这是你女朋友吗？"他看着她的眼睛，发现这一次，她没说谎，她是真的不生气。

　　姥姥生病了，她衣不解带地悉心照顾，他在一旁陪着。她是姥姥最小的女儿，也是过得最差的一个。姥姥拉着她的手说："四儿，苦了你了。"她摇摇头，含着泪笑道："妈，我不苦，我过得好着呢。"

　　他工作了，将自己的第一份工资带给她，她连连塞回去："我不缺钱，你自己拿着，在外面好好照顾自己。"他结婚了，想接她到城里住，妻子死活不同意，两人为这件事没少吵架，她听了很担心，连连给他打电话："你别和她吵架，小两口吵多了不好。我在乡下住得挺好的，又有老邻居做伴，去城里了反而不适应。这事就算了啊，别跟小梅闹得不愉快。"

父亲去世的时候，他回家料理后事，她的头发已经全白了，看见他回来了，忙吵着要下厨去给他做好吃的。他看着她蹒跚的背影，追上去扶着她说："妈，你别难过，爸走了还有我呢。"她点点头："嗯，我不难受，他是寿终正寝，有什么不好的，我没事，你难得回来一趟，想吃什么跟妈说，妈给你做。"

他有孩子了，两口子要上班，没人照顾小孩，妻子终于同意让她进城了。她年纪大了，照顾小孩儿有些吃力，他提议再请个保姆，她抱着婴儿笑眯眯地说："他长得跟你小时候一模一样，不过是个小孩儿，我吃得消，不要再浪费钱了。有钱还不如给小孩儿存着，他以后上学也费钱。"

她病了，陷入了昏迷，他慌忙送她去医院，经过抢救后，捡回了一条命，但是医生让他做好心理准备。他哭着抱住她："妈，你别走。"她幽幽醒转，看着面前泣不成声的孩子，吃力地说："好，我不走。"这是她在人世说的最后一句话，也是撒的最后一个谎。

幸福小贴士

你的妈妈是不是也经常说谎呢，你听得出那是谎言吗？母亲所做的一切，都是为了自己的孩子。如果你能听出这些话背后的意思，你就能发现母亲的爱。从今天开始，学着回报母亲的爱吧。

1.不要和她顶嘴，多多体谅她的难处，不要太任性。

2.尽量帮她多做些家务，帮她减轻负担。

3.学会换位思考，偶尔也对母亲撒撒"爱的谎言"吧。

六十八束玫瑰花

一朵玫瑰是"一生一世",两朵玫瑰是"世上只有你我",三朵玫瑰是"我爱你",四朵玫瑰是"至死不渝"……我要送你六十八束玫瑰,一年一束,这是我能留给你的最好的礼物,只有你幸福了,我才能在天堂安心玩耍。妈妈,我爱你,一生一世,至死不渝。

上大学的时候,有不少学生在校外做兼职挣零花钱,我也不例外。相比于同学的做家教和发传单,我的工作浪漫了不少,是在校外的一家花店当"卖花姑娘"。花店的老板是一对年轻的夫妻,感情很好,丈夫另有工作,平时来的次数不多,花店里外都是老板娘在打理。老板娘是个精干的辣妈,有个四岁大的儿子,十分可爱。我同另一位工读生在那里度过了忙碌又快乐的一段时光。

情人节前后，预订玫瑰花的人很多，我们三个在花店里忙得人仰马翻，到打烊的时候，几乎都累瘫了。这时老板忽然出现在花店门口，手里捧着一大束玫瑰，显然是送给老板娘的，我们都大呼浪漫，老板娘喜滋滋地接过花，又带着我们到附近的餐馆，算是犒劳。吃饭的时候，我们又发出感叹，直道老板娘幸福，老板娘摸着儿子的头，微微一笑，说："我卖了好些年的花了，什么样的送花人都见过，可是最特别的，是一个小男孩儿，他甚至打算订六十八年的花。"我们大为惊讶，忙问是怎么回事？老板娘不紧不慢地讲述起来。

那时老板娘结婚才一年，刚怀上宝宝，花店也刚刚开起来，因为花式多样价格公道，很受学生欢迎。一天下午，店里没什么生意，老板娘正眯着眼睛坐在院子里晒太阳，就听到一个稚嫩的声音在一旁响起："阿姨，我要订玫瑰。"她睁开眼，扭头一看，是个瘦瘦小小的男孩儿，眼睛大大的，脸色苍白，看着很可爱。老板娘还是头一次接待这么小的顾客，她起身将小男孩儿领进店里，问他要订多少玫瑰，边问边又开玩笑说："小朋友，你订玫瑰是要送给小女朋友么，玫瑰有点贵，你要不要看看别的花？"小男孩儿的脸一下就红了，他摇摇头："不是，我没有女朋友，花是要送给妈妈的，我妈妈最喜欢玫瑰花了。"老板娘看着满脸通红的小男孩儿差点没笑出声来，她拿出记事本问小男孩儿："那么，小帅哥，你要定多少玫瑰呢，什么时候要，要送到

54

哪里？"小男孩儿仰起脸："我要订很多很多玫瑰，订六十八年，希望你可以在每年的九月一日送到我妈妈手中，因为那天是她的生日。"老板娘记订单的手顿住了，她掏掏耳朵，问："你刚才说要订多久的花？""六十八年，我妈妈现在三十二岁，她会长命百岁的，所以我想让她每年过生日都能收到她最喜欢的玫瑰。"老板娘笑了："像你这样订花的我还是第一次看到，现在不过是六月份，你母亲的生日是在三个月后，你只需要提前三天订花就可以了。"小男孩儿垂下眼帘，看上去有点伤心，不一会他又抬起头："我一定要现在订，您可以答应我吗？我只是希望我妈妈可以开心。我妈妈最喜欢的花就是玫瑰。"老板娘看他一副快要哭出来的样子，只好点头："好吧，小帅哥，我接你的单了。不过事先声明，我的花店也不一定能开六十多年哦，要是我的店关了可怎么办呢？"小男孩儿一听老板肯接单立马眉开眼笑，他摆摆手："没关系，到时候你可以将订单转给其他的花店啊。"老板娘扑哧一下笑了："你想得还挺周到的嘛。"小男孩儿一摆头："那是。"老板娘又笑了，这小孩儿真可爱。一下订这么多年的花可是要支付一笔巨款的，不过老板娘没将小男孩儿的订单太当回事，所以当小男孩儿问需要支付多少钱做订金时，老板娘只是笑笑："你给五十块吧。"小男孩儿小心翼翼从口袋里掏出一张一百元，递给老板娘，老板娘正要给他找钱，小男孩儿摇摇头："不用找了，说不定以后花会涨价呢。"老板娘见他那稚嫩的脸上那一本正经的表情，忍不住笑出声来。讲明了家庭住址和收件人姓名之后，小男孩儿又郑重其事地叮嘱："一定要送哦，今年也送，明年也送，要一直送六十八年哦。"老板娘点头答应后他才放心离开。

晚上回家后老板娘和老板讲了这件趣事，夫妻俩乐了一通后老板对老板娘说："九月一号还是给那小男生的妈妈送一束玫瑰吧，至于订花的钱也还给人家，难得他这么小就这么孝顺。"老板娘点点头："那是自然。"

到了第二天，老板娘正在整理店里的花，小男孩儿又来了，他站在花店门口，一见到老板娘便开始叮嘱："九月一日，一定要将漂亮的玫瑰送到我妈妈手中哦，千万别忘了。"老板娘站起来走到他面前点点他的鼻子："知道啦，你这个小唠叨。"男孩儿伸手挠挠头有些不好意思，但还是再次重申自己的要求："不要忘记啊。"老板娘拿出小零食对他说："我要送六十多年的花好辛苦的，你可不可以陪我一会儿呢？"小男孩儿笑着点点头。两人在店门口的大遮阳伞下坐了下来，老板娘看小男孩儿只觉得越看越可爱，不禁摸摸他的头，对他说："对了，我还不知道你的名字呢，小家伙，你叫什么？"男孩儿边吃饼干边笑着说："我叫叮当，和小叮当一个名字哦，阿姨你呢？"老板娘也拿起一块饼干，咬了一口说："我姓陈，你可以叫我陈阿姨。"男孩儿甜甜地叫了一声："陈阿姨。"老板娘听了只觉得浑身舒畅。她摸摸肚子对叮当说："真希望我以后的孩子也和你一样可爱。"叮当好奇地看着老板娘的肚子："阿姨，你怀宝宝啦？"

老板娘点点头，叮当从椅子上跳下来，走到她面前，看了半天，疑惑地问道："为什么你的肚子一点都不大，我小姨怀表弟时肚子好大的。"老板娘忍不住笑了："现在才三个月，根本看不出来，等你妈妈生日的时候就很明显了，到时候请你摸哈。"小男孩儿眼神一黯，低声说："好。"就在老板娘惊讶于他的情绪低落时他又笑了，笑得格外灿烂："宝宝出生的时候一定是冬天吧，白雪公主也是冬天出生的，阿姨你的宝宝一定会像白雪公主那么可爱。"老板娘捏捏他的脸："不用像白雪公主那样，只要宝宝像叮当一样可爱我就很高兴了。"两人又说笑了一会叮当便走了。

到了第三天，叮当又出现在花店前，他还背着一个书包，书包上的米老鼠笑得正欢。他敲敲花店的玻璃门，见老板娘转过身来脸上马上挂上了甜蜜蜜的笑容，他晃晃书包，问道："阿姨，你现在有空吗？"老板娘停下手中的活问道："你有什么事吗？"叮当从米老鼠书包里掏出文具盒和一个小画板，对老板娘说："我昨天回去后想了想，也觉得你要送这么多年的花很辛苦，而且你昨天还请我吃了好多好吃的饼干，我没钱给你买礼物，所以打算为你画一幅画，当作谢礼。你放心，我已经学了好多年的画了，一定会把你画得很漂亮的。"老板娘不觉失笑，反正手头也没什么要紧事，便同叮当一道来到了店外，她坐在椅子上，叮当则铺开画纸开始画画。老板娘看着叮当娴熟的笔法不禁有些惊讶："叮当你挺会画画的嘛，学了很久了吗？"叮当点点头："嗯，我学了好多年了呢。"老板娘见他挺着个小身板一本正经地说"好多年"就觉得好笑："得了吧，你总共才多大，就学人家说好多年。"叮当摇摇头，认真地说："是很多年啊，我已经学了五年了。"老板娘有些吃惊，看叮当的样子也不过七岁左右，难道他从两岁就开始学了，这也太早了吧，她有些难以置信："你从两岁就开始学啦。"叮当摇摇头："我是五岁时开始学的，我现在已经十岁了。"老板娘张大了嘴，虽然对小孩子各阶段的体型不是很了解，但是叮当怎么看也不像是一个十岁的孩子。叮当叹了口气："我知道我个子矮，但是十八年后，我一定能成为一名好汉的。"老板娘笑得直捂肚子，这孩子太逗了。叮当见她捂着肚子，吓得把笔一扔就冲了过来："阿姨，你怎么了，肚子疼啊，要不要上医院啊？"老板娘摆摆手："没事没事，对了，你画得怎么样了？"叮当见她没事，放下心来，跑回去拿笔又勾勒了几笔，笑眯眯地说："画好了，很漂亮哦。"老板娘伸出手："是不是啊，快拿给我看看。"叮当小心翼翼将画从画架上取下，拿给老板娘看。还别说，这小子正经画得还不错。老板娘喜滋滋地收下了，叮当再次嘱咐到："九月一号的时候不要忘记送花哦。"老板娘笑着答应了。当天晚上老板娘将画给老板看过后老板也对这个小朋友产生了好奇，因为第二天是周六，他不用上班，因此决定第二天和妻子一道去花店，顺便见见这位特别的小男孩儿。

第二天，快中午的时候，老板娘早早地坐在店前等叮当的到来，可是直到太阳下山叮当也没来，老板娘觉得有点失落，老板安慰到："可能他有什么事给耽误了，你也知道现在的小孩儿比大人还忙呢。"老板娘点点头，可是第二天，叮当还是没有来，之后，一天又一天，那个小小的身影再也没有出现。要不是记事本上还记着叮当的订单，老板娘都怀疑这一切只是一场梦。因为店里人手不够，虽然叮当的家离花店不远，老板娘却始终抽不出空去那儿看看。转眼间三个月过去了，好不容易等到了九月一日，这天一大早老板娘就挑了一大束漂亮的玫瑰，用美丽的包装纸包好后，她和老板按照叮当留下的地址一路找过去终于找到了叮当的家，他们敲敲门，老板娘有些激动，很快就又可以看见那个可爱的小家伙了，夫妻俩相视而笑。这时门开了，出现在他们面前的是个长发的中年妇女，老板娘一眼就断定这便是叮当的母亲，因为他们的眼睛实在是太像了。老板娘走上前："请问是沈太太吗？我们是开心花店的，您儿子在我们店订了一束玫瑰，我们将花送来了，祝您生日快乐。"叮当的母亲吃了一惊，她睁大眼连声问道："我儿子？你们是不是弄错了？"老板娘和老板面面相觑，没错啊，叮当给的地址就是这里啊，她向叮当妈妈解释到："是这样的，三个月前，您的儿子叮当来到我们店里，说要为您订六十八年的花，每年一束玫瑰，在您的生日这天送到。"叮当妈妈听了，忽然捂着脸哭了起来，老板娘吃了一惊，她有些不安，按道理说叮当知道花送来了一定会跑出来迎接的啊，为什么到现在还没有看到他的身影？

　　这时老板小声问道："请问，是发生什么事了吗？其实我们今天过来除了送花，还想见一见叮当小朋友，他真的很可爱，我太太很喜欢他。"叮当妈妈将老板夫妇迎进屋里，为他们端来茶后便开始细细地看那束玫瑰，老板娘环视了一下屋子，发现有不少叮当的照片，这时听叮当妈妈低声说："叮当的确是个好孩子。他七岁那年，我生日的时候收到了他送的玫瑰，当时我很开心，就对他说，'如果以后每一年都能收到这么漂亮的花就好了。'他那时就说要一直送我花，送一辈子。哪想到第二年他就病了，是白血病，我带着他四处求医，可是，没有办法。那孩子一定是知道了，所以才跑去订花的。"说着说着她便泣不成声，老板娘只觉得五雷轰顶，她不知道自己是怎么走出叮当家的门的，她泪眼朦胧地往回走，仿佛又看到那个瘦弱的小男孩儿，站在阳光里冲她笑。

　　听到这里大家都沉默了，良久，老板娘又接着说："我不管我的这家花店能开多久，我只知道在我有生之年我一定会每年都为叮当的母亲送上一束玫瑰花，只有这样，这个孩子在天堂才能安心玩耍……"

　　回去的路上，我和同伴一直没有说话，快到寝室的时候她忽然说："我想给我妈打电话了。"我点点头说："我也是。"头顶上，星星川流成星河，最亮的闪烁的那颗，一定就是正在欢笑的叮当。

幸福小贴士

叮当走了，却将爱留了下来。世间向来称颂母爱，殊不知子女对母亲的爱也同样深沉感人。世人只知母亲孕育生产之苦，却不知道，在这个痛苦的过程中，子女就已经开始在回报母亲了。女性尤其是做过母亲的女性的寿命一般比男性长，科学家在研究时发现母亲在孕育的过程中，尚是胚胎的孩子就已经在分泌一种物质来保护母体，这种特殊的物质可以极大地降低母体日后得癌症的概率，使母亲更加长寿。爱永远是相互的，你的孩子，不管他有多小，在他不知事的时候，他便已经开始爱你了。所以，在要求子女多多体谅父母时，也请做父母的多多体谅自己的孩子。

1.周末的时候，不妨多带带自己的孩子去踏青，即便是一次短暂的旅程，也会成为他忙碌童年里的一抹亮色。

2.相信你的孩子，他甚至比你想象要坚强；放手让他去做一些自己力所能及的事，这会成为他日后生活必须依赖的基本技能。

3.夸奖和称赞往往比责骂更有效，说不定这个将你的裙子剪破的女孩儿，日后会成为知名的服装设计师，说不定那个将地板画得一团糟的男孩儿，其实是未来的"毕加索"，不要用责备剪断孩子梦想的翅膀。

4.爱要说出口，如果他羞于表达对你的爱，你可以主动一点，告诉他你其实一直都很爱他。

5.你要好好照顾自己，这样你才有更多的时间和机会来感受到他的爱。

换一种方式来爱你

接到哥哥电话的时候，他正在家里。哥哥说，母亲去世了，快回来奔丧。电话那头，哥哥的声音很沙哑，他还在说着什么，他却已经听不清了。过了很久，他才从喉咙里挤出一句"好的，我知道了"。然后挂了电话。

之后，他怅然若失地在屋子里游荡，理智告诉他，他现在应该马上收拾行李带上家人出发，可是他却觉得浑身无力，皮箱、衬衣还有钱夹都变得千钧重一般，他根本没有力气拿起它们。他宁愿来来回回在屋子里兜圈子也不想停下来，因为只要一停下来，他就不得不面对她已经死亡的事实。

她死了，这个世上，再也没有那个人了。那个他生命里又爱又恨的人，就这样走了。他们的关系，不知从何时起变成了一场博弈。两人相隔千里，相互较着劲，现在，博弈的其中一方忽然撒手，不发一言结束斗争，剩下的那个愕然地站在原地，甚至，因为离开的那方忽然撒力，留在原地的人会重心失衡摔倒在地。

如果不是妻子进来，他不知道自己会发多久的呆。妻子是个麻利的人，很快就收拾好了回老家的行李，之后和他一道匆匆忙忙往家赶。直到坐上车，他才回过神来并意识到，他们这次回老家，不是探亲，而是去参加她的葬礼。

不知怎的，他忽然有种松了口气的感觉，她以后，再也不会逼着他要钱了吧。虽然这种想法有些不孝，但是他心里，真的有种摆脱重负的感觉。他仍旧记得自己刚刚踏入社会的时候，她起先打电话来还会嘘寒问暖，问他在外面辛不辛苦，吃不吃得好，睡不睡得好。那个时候的她，和世上所有慈母一样。他记不清她是从什么时候开始变的。她开始不断地打电话来，而内容永远只有一个，那就是钱。他以为她生活艰难，每次她打电话来，他都会竭尽所能地给她打钱回去，即便自己会因此陷入窘迫的境地。然而她却永远不知满足似的，一遍又一遍打电话来。后来，他感觉到窒息。

他不明白，小时候最疼爱他的她，为何变成了如今这个样子。他是她的第四个孩子，因为二哥夭折，实际上他是家里的老三，上面还有一个哥哥和一个姐姐。他是早产儿，生他的时候，她吃了很大的苦头。因为不是足月生产，他自小身体羸弱，在家备受宠爱，因为哥哥姐姐不在身边的缘故，祖母简直要将他宠坏了。他上小学时，因为细皮嫩肉像女孩子，同学还专门给他起了个外号：淀粉。

小的时候，他和她的感情很好。在她的教导下，他小学的成绩一直很好。不仅如此，他的棒球也打得不错，此外，他的手工技能在同学中也十分出众。作为母亲，她对孩子的要求很严格，她十分希望自己的孩子以后能有出息，因此在他从小学升入初中的时候，她建议他选择升学率更高的那所中学，即便那所学校离他们家很远。

他向来很听她的话，没有任何犹豫地遵从了她的建议，虽然这样会使他和他的老朋友分开。到了初中，他的体育才能得到进一步发挥，他进了学校的棒球部。打棒球成了他最爱的运动之一。不知不觉间，他上了高中，在高中期间，发泄不完的旺盛精力让他在进入棒球部后，还学了一阵子拳击。这在他以后的打架斗殴中起到了一定的作用。

高中毕业后，他仍旧遵从母亲的建议，选择了明治大学的机械工程专业。然而这一次，他不再像儿时那般对母亲的话"言听计从"了。他上大学的时候，嬉皮士文化开始传入日本，他深深为之倾倒，并且努力去追求那样一种自由自在的生活。他不再依照学校的规定去上课，而是开始混迹于各种鱼龙混杂的场所，四处游荡。

现在回想起来，那段日子，她一下老了很多。后来他又是怎样重新振作起来的，他已经有些回想不起来了。只记得那时为了避开她的唠叨，经常会去朋友那儿借宿，白天就直接去打工的地方，往往会很长一段时间都不回家。

他的叛逆期来得很晚，然而持续的时间也很长。长到他们再次面对彼此时，都有了一种陌生感。之后，他开始走向社会。如今，很多人都知道他是一个有名的硬汉导演，拍出来的电影，总有肃杀之感。事实上，他最初出道的时候，是以喜剧演员的身份出道的。没有名气的时候，他和搭档的收入都很低，勉强维持生计，后来，渐渐受欢迎，收入相对增加了不少，生活条件也改善了许多。大概也就在这个时候，她开始伸手向他要赡养费了。之后，他做导演，名气越来越大，收入越来越多，她要钱的次数也增多了，而且要得一次比一次多。有时候甚至让他有种狮子大张口的感觉。

他如期将钱一次次给她，却再也不想回老家见她了。他害怕见到她，会嫌她市侩、贪婪，他们都不再是多年前的模样了。妻子虽然劝过他，他却始终不肯回去。渐渐地，他们之间的联系，就只剩下了钱。现在说这些也没有意义了，毕竟她已经走了。虽然她生前，他并没有花太多的时间去尽孝，但是，那些钱，至少可以让她晚年生活无忧，也算是他对她的养育之恩的报答吧。这么想着，他觉得心口憋住的那口闷气缓缓散开了。

真正见到她的遗体的时候，他的泪还是没能绷住，刷刷地往下落。一切恨，一切怨，在见到她冰冷的遗体的时候，都烟消云散。萦绕在心头的是数不尽的悲痛，都说母子连心，离开之时，她的心里，对这个人世，对他，应该是充满不舍的吧。他木然地跟着哥哥姐姐，对每个前来参加葬礼的人敬礼，之后，他们一道跪在她的面前。他不记得已经多久没见她了，已经多久没靠她这么近了。可惜她现在已经没有办法再睁眼看看，这个已经功成名就的小儿子了。

虽然内心悲痛，但是没过多久他便控制住了自己的情绪，逝者已逝，生者的日子还要过下去。在老家逗留了几日，他便要回去了，临行前，哥哥将他叫到一边，递给他一个包袱，说是母亲留给他的。他疑惑地打开，里面是一个存折，还有一些现金和一封信。

他不解地看着哥哥，哥哥说："之前怕你难受，所以没告诉你，母亲死前还念叨着你呢。这些钱，都是你这些年给她寄过来的，她都没动，给你存着。现在是物归原主的时候了。她说你性格急躁冲动，用钱又大手大脚，还为人仗义，经常和人起冲突。她很怕你以后穷困潦倒，却又知道你攒不下钱，所以才用这个方法来激励你。她希望你能站在更高的位置，以后衣食无忧。可是她这么做了之后，你渐渐不肯回家了，她知道你是生气了，她要我转告你，别怪她，别恨她。"

哥哥说完后，叹息着走开，留下了他一个人，而他终于瘫软在地，开始号啕大哭："妈妈啊。"他忽然很想再见她一面，告诉她，他不怪她，他没有资格怪她，是他对不起她，让她操心了一辈子。可是，太迟了，不论是抱歉还是感激，他都没有机会对她当面讲了。

后来他看了她留下的包袱，每一笔钱，什么时候收到的，有多少，她都写得清清楚楚。而在那封信里，她仍旧止不住唠叨，告诫他万事要冷静，不要和人结怨。她直到死，还是放不下他。

他是北野武，日本最有成就的导演，甚至可以和殿堂级电影大师黑泽明齐名。他拍过很多反映社会现实的电影，然而，他最受欢迎的，也是最让人津津乐道的电影是《菊次郎的夏天》。这部温馨的电影讲述了一个大叔和一个小男孩儿的寻爱之旅。在这部电影里，大叔的妻子是个为人仗义善良的阿姨，而这个人物原型，就是她。因为误解，他一度埋怨过她，但是在心底，他不知道的地方，其实一直在向善良坚忍的她致敬吧。

如果宠溺无法让你成器，无法让你在社会上立足，那么，让我换一种方式来爱你吧，即便这种方式会让你恨我。

幸福小贴士

　　母爱是这个世上最伟大的爱，所有母亲的爱都是相似的，但是表达爱的方式却各不相同。要如何爱自己的孩子呢，这是所有母亲都应该思考的问题。

　　宠溺在短期内的确可以让母亲和孩子都感到愉悦，但是从长远的角度来说，这并不适合孩子的成长。所有的母亲都应该记住以下两点。

　　1.你的孩子是你的，同时也是社会的，他终有一天会走上社会，你在抚育他的同时，请一定要将他的未来考虑进去，尽量让他成为一个社会可以接纳的人。

　　2.你的孩子是你的，同时他也是他自己的。不要一味从自己的角度去思考，去安排他的人生，他终将从你的怀抱中独立出去，这是你身为母亲必将经历之痛。虽然难舍，但是，只有思想也独立了，你的孩子才算是真的长大了。

"推出去"的母爱

　　今天是星期一，还不到六点，阿花便从睡梦中醒来了。她揉揉胖嘟嘟的脸，一下从床上爬了起来。爸爸已经去上班了。阿花穿好衣服之后，先走到洗手间洗脸刷牙。水龙头里的凉水让她一激灵，整个人清醒了不少。用爸爸给她买的可爱小熊牙刷刷完牙后，阿花走到客厅先喝了一大杯水，然后去上厕所。做完这一切，她要开始为自己准备早饭了。

　　阿花站在小板凳上，先将米淘洗干净用电饭锅做上，然后将冰箱里的蔬菜拿出来，拿到水池去洗干净，之后又拿着刀一点一点切好，因为手太小，有些菜老是在砧板上滚来滚去，她用了好长时间才将所有的菜都切好了。

　　她开始热油炒菜，炒好用盘子盛好，看了看饭，还差一点火候，便去开洗衣机，将昨天晚上丢进去洗的衣服取出来晾好。衣服晾好之后，饭也熟透了。她先给家里的小狗倒了一点狗粮，又给它倒了一碗清水，然后便坐在餐桌前开始吃早饭。吃完早饭，才7点半，离上幼儿园还有一段时间。阿花带着小狗去散了一会儿步。回到家之后又坐在钢琴前练了半个小时的钢琴，看看时间差不多了，她戴好帽子背好书包出了家门。临走前，她嘱咐家里的小狗好好看家，小狗汪汪着答应了。

来到幼儿园，阿花很有礼貌地和老师同学打完招呼，便开始了一天的学习。下午放学后，阿花回到家又开始忙碌起来。她先将早上晾晒的衣服收回来，然后开始打扫屋子，将桌椅板凳都摆好。之后她会开始整理衣柜，这可是个体力活，每次阿花整理完衣柜都累得满头大汗。稍微休息之后，她会开始做晚餐，如果爸爸回来得早，就由他来负责做。可是爸爸经常要加班，为了不让爸爸回家后还饿肚子，阿花总会为他特意炒两道小菜。从5岁起，阿花每天都会做以上这些事。将家务拜托给她，爸爸十分放心。有人或许会问，为什么会让这么小的孩子干这么多事呢，家长也太狠心了吧。事实并非如此，阿花的父母之所以做这样的安排，正是因为他们深爱着这个孩子。

2001年的夏天，日本福冈县有一对年轻人步入了婚姻的殿堂。他们就是阿花的父母，婚后不久，新娘千惠忽然被查出患有乳腺癌。千惠在丈夫和亲人的鼓励下坚强地与癌症搏斗，使病情得到有效地控制。2003年，千惠生下阿花，这个孩子给全家带来了欢乐。然而快乐的日子并没有持续很久，阿花9个月大时，千惠的病复发了，这一次，疾病来势汹汹，千惠重新开始接受治疗。全家人都很努力给千惠治病，阿花的爸爸每天早出晚归拼命挣钱，千惠则在家照顾阿花。可能是因为很少给阿花买零食的缘故，阿花从小就很喜欢吃米饭，尤其是糙米。千惠发现即便是很简单的汤和米饭，阿花都会吃得很香。这让千惠放心不少，即便以后生活艰难，不挑食的阿花也不至于饿肚子。随着病情的加重，千惠开始担心阿花以后的生活。

　　她随时都可能离开人世，如果她走了，阿花怎么办？看着懂事可爱的女儿，千惠陷入了沉思，她决定从此刻起，开始培养阿花的自立能力，这样即便她离开了阿花，这个孩子也可以活得很好。说干就干，一些简单的事，千惠不再代劳，她开始让阿花学着她的样子去叠衣服，去拖地。为阿花准备衣服时，她往往会将衣服翻过来，这样阿花要穿，就必须将衣服再翻回去，通过这样慢慢训练，当时还不到4岁的阿花终于学会了自己穿衣服。之后，她开始教阿花做菜。

　　如果是我们，会觉得教一个4岁的小孩儿做菜，简直是异想天开，但是千惠说："做饭这件事与生存息息相关，我要教会她如何拿菜刀，如何做家务。学习可以放在第二位，只要身体健康，能够自食其力，将来无论走到哪里、做什么，都能活下去。"抱着这个信念，千惠开始一点一点教阿花。因为阿花最喜欢喝汤，因此在做汤的时候千惠也让阿花参与到其中。当阿花问她："妈妈我们应该放多少大酱进去呢？"她并没有直接回答，而是说："你尝尝看需要加多少。"在她的鼓励下，阿花学会了独立做酱料。她开始教阿花怎样用刀切菜。那时阿花才5岁，必须站在小板凳上才够得着料理台。其他的家长往往一直会告诫孩子不要碰刀等危险物品，因为他们可能因此伤到自己，可是千惠不知道自己还能保护阿花多久。在没有她的日子，这个孩子还是需要生存下去，如果到时候她什么都不会，那才是最糟糕的。

因此与其让孩子与刀隔离，不如教她学会怎么用刀才不会伤害到自己。在千惠的指导下，那时才5岁的阿花学会了切菜、洗菜，甚至在后来，她懂得怎样做汤。除了做饭，其他基本生活技能千惠也一点一点教她。让她学会给狗狗喂食，学会清洗浴缸，学会用洗衣机，学会晾晒衣服。阿花5岁的时候，千惠送给她一条小围裙，看着穿着小围裙笑容甜美的女儿，千惠觉得幸福极了。她满怀感激地说："能和女儿相遇，证明我在这个世上活过。这个比自己还重要的孩子是我的人生至宝。"

2008年，千惠的病情恶化，她离开了人世。她走的时候，有些担心，但是更多的是欣慰，因为阿花已经成了一名合格的"小煮妇"了。即便她不在身边，这个孩子也能自食其力活下去。

妈妈走了以后，阿花开始接手她生前的家务，每天早上起床后，她会煮饭做汤，晾晒衣服。放学后，她会做晚饭打扫屋子，在爸爸下班回来之前，她会先将浴室打扫干净，然后放上满满一缸温暖的洗澡水，这样爸爸回来就可以轻松地泡澡了。随着厨艺的提升，现在阿花甚至能帮爸爸准备带去公司的便当了。

　　她的生活中当然也有很多不如意、不开心的时候，她会给在天国的妈妈写信，向她倾吐烦恼。当然，也不能让妈妈太过担心，所以信中说的更多的都是一些愉快的事。"妈妈，有件事我想告诉你——所有的便当我都会自己做了！不说别人的坏话，不忘记微笑，这些都是妈妈教我的。虽然我也会觉得好难啊，不过车到山前必有路，阿花已经不哭了。"如果千惠知道阿花牢牢记着自己教给她的一切，应该也会欣慰的吧。

　　这个世上，父母的爱永远都是最伟大的。然而爱与爱之间又是不同的，有的父母，以无微不至的呵护来表达自己的爱，而有的父母，比如千惠，她用一种"推出去"的姿态来表达自己的爱。父母的怀抱再温暖，双臂撑开的范围也有限，人生之中，总有些风雨，是他们帮你挡不住的，总有些伤痛，是你自己逃避不了的。与其消极无助地哭泣，为什么不放手一搏，主动推开孩子，让她早些学会独立呢。

　　不要将自己的孩子想得那么脆弱，事实上，他们也可以很强大，如果你给他们锻炼的机会的话。青少年朋友也不要将自己想的太脆弱，其实很多事你都可以学会、做好，只看你敢不敢，肯不肯。

幸福小贴士

千惠和阿花的故事曾经感动了很多人，也让更多的父母开始思考，应该怎样教育自己的子女。在中国，多数家长都十分重视孩子的学习问题，至于家务之类的事情，则根本不让孩子碰。他们理直气壮地说："学生的天职就是学习。"

这句话本身并不算错。可是，孩子除了是学生，还是人类。会自己做吃的，这是作为一个人类应该具备的基本技能。会做饭的孩子怎么都饿不死，这是千惠的观点。作为一个必将独立的孩子，学着做一点家务，并没有什么坏处，而且适当的家务劳动，还可以拉近家庭成员之间的距离。因此，那些从来不做家务的孩子们，从现在起，拜自己的母亲为师，好好做下家务，体会一下父母的辛苦吧。

宠爱自己的父母

如果能够选择出生，她真的不想再生在这个家了。

不，她并不是嫌家境贫困，虽然她家不算富裕，但是日子还是过得下去的。

她也不是哀叹自己没有父母，无依无靠，事实上，她父母健在，身体健康，而且还有姐弟相伴，并不孤单。

她嫌弃的，是自己的排行。她在家排行第二，上面有个姐姐，下面有个弟弟，分别相差两岁。她讨厌的就是自己的这个排行。关于当"老二"的种种烦恼，不管是三毛还是小S都说过很多次。最大的那个可以被父母依仗，最小的那个备受关注，只有夹在中间的那个不被重视。虽然这些不少人都知道，但是那种不受重视的感觉只有真正被夹在中间的人才能深切体会到。

　　小时候，家里条件一般，生了弟弟之后，母亲温暖的怀抱就不再单属于她了。她跟在母亲身后，眼巴巴地看着那个被她抱着的婴儿，委屈得哭出声来。而已经4岁的姐姐显然早已习惯了这种不公平。姐姐主动帮妈妈看睡在摇篮里的婴儿，弟弟哭闹的时候，还会帮着哄。相比之下，因为吃醋而哭闹的她显得格外不懂事了。虽然稍微大一些后，她不会再在意这种"不公平"，至少不会表现在脸上。她渐渐觉得，那个流着鼻涕跟在她和姐姐后面的那个光屁股小孩儿也挺可爱的。姐姐上小学后，照顾弟弟的重任就落在了她身上。4岁的她牵着2岁的他四处串门。再后来，他们渐渐长大，三个小孩儿上学，家里的负担一下重了起来。

　　她忘了从什么时候开始，自己只能捡姐姐穿不了的衣服穿。弟弟是男孩儿，不可能穿她淘汰下来的衣服，姐姐长得很快，每半年就需要再买新的衣服。只有她，穿着那些光泽不再的旧衣服，缩手缩脚地走在他们中间。家里有三个孩子，外人提到姐姐时，总会说就是那家那个最懂事的大女儿，提到弟弟时，会说是那家那个古灵精怪的小儿子。唯独没什么人提她。她性格内向，成绩一般，样貌一般，并没有特别突出的优点，也没有很明显的缺点。一眼望过去，总是那种最容易被忽视的人。

　　别人的忽视她可以不在乎，但是如果这种忽视来自父母，那么她无论如何都接受不了。她开始越来越敏感，越来越觉得父母是偏心的。虽然母亲对她说过手心手背都是肉，她对他们三个都是一视同仁的，但是她在心里想，如果真的没有偏心，又何必解释呢。再说了，虽然手心手背都是肉，手心和手背终究是不同的。手心永远在里面，受着保护，而手背露在外面，必须面对风吹雨打。

如果不那么斤斤计较，其实她还是能够体会到父母的爱的。可是，每每从父母那里得到一点爱，她就会不自觉地去看姐姐和弟弟得到了多少。如果三人都是一样的，她在欣喜的同时又有些遗憾，她希望自己被爱得更多。如果她得到的不够多或者不够好，那么得到爱时的那份欣喜也烟消云散了，剩下的只有满腔的不甘和委屈。她就是在这种自我折磨中慢慢长大。因为是中间的那个不受关注的孩子，她越来越喜欢争，也越来越不受喜爱。这简直就陷入了一种恶性循环。

进入青春期后，她多年来积蓄的不甘和埋怨一下全部爆发出来，她和母亲没日没夜地争吵，原本是骨肉相连的母女，却几乎要成了仇人。不过15岁的她能有多大的事呢。不过是一些鸡毛蒜皮的小事，比如早上赖床，还有每天的穿着打扮，等等。母亲犹如提前进入了更年期一般对她的所有行为进行指责，而她则无视母亲的一切指责。已经过了叛逆期的姐姐和尚未到叛逆期的弟弟都试图缓和她和母亲之间的关系，但是她却将他们视为母亲苛待她的帮凶。一时之间，整个家庭陷入了僵局。

又一次和母亲大吵之后，她将自己反锁在了屋子里。外面，爸爸厉声指责着她，让她出来和妈妈道歉，她只当没听见。越想越生气的她最终决定离家出走。她用背包草草装了几件换洗衣服，又将平时的积蓄翻了出来。然后把床单被单结成绳子，从二楼房间的窗户慢慢滑了下去。要是从前她一定不敢做这么危险的事，但是此时她正在气头上，抱着摔死了更好的念头一路下滑，最后居然有惊无险地顺利"逃"到了外面。爬下楼后趁着家人不注意，她飞快地朝车站跑去，她也不知道自己要去哪里，总之离开家就行。

到了车站，恰好有一辆班车到站，她看了看，是去市中心的，便想也没想就坐了上去。车子启动了，她看着越来越远的站台，心里有些慌，但是自小就倔强的她是决计不肯回头的。

站在市中心的喷水池前，她有些茫然，以前都是和家人一起来的，这次一个人，忽然觉得所有的街道看上去都那么陌生。会不会迷路呢，她边想边开始四处逛。正午的太阳晒在她身上，她开始有些后悔穿一身黑出来了。她记得包里有浅色的衣服，要不找个地方去换一下吧。可是，去哪里呢？这种问题又不能问路人，而且不知道是不是她的错觉，她觉得路过的人都用一种奇怪的眼神看着自己。出门的时候没有太注意，难道自己的身上有什么不妥吗？这么一想她愈发紧张。也许是急中生智，她忽然知道该去哪里换衣服了。她记得市中心附近有一个地下商城，里面有公用的洗手间。

她左右看看，很快就看到了地下商城的入口。看到相似的铺子，她又有些难受，因为之前一家人来逛的时候，母亲还特意给她挑了件好看的裙子。虽然经常穿姐姐的旧衣服，但是她上初中之后，父母也开始给她买一些衣服了，不再让她像从前一样除了贴身衣服外没有一件专属于自己的。这样边找边想，她又有些后悔了，自己这样鲁莽地跑出来，他们也会担心吧。算了，逛一逛散散心再坐车回去吧。她找到洗手间，在里面换好衣服，出来时顿时觉得凉快不少。

父母工作忙，她也很少有独自逛街的机会，反正出来了，不如好好逛逛。她这么想着，一家一家看了起来。可是没过多久，她就觉得饿了，原来早上她和妈妈在餐桌上便开始怄气，她也没好好吃饭。眼看着到饭点了，地下商城里开始飘出饭菜的香味，她愈发觉得饥肠辘辘。她看了看自己带出来的钱，还不少，要不干脆打下牙祭吧。想着她便走进了附近的一家餐厅。翻了翻菜单，点了自己喜欢的菜，她便开始静静地等待。环顾四周，来吃饭的人还不少，很多都是父母和子女这样的组合。

她观察了下，发现大多数父母都不怎么动筷子，都是慈爱地看着孩子吃。年轻的父母完全不怎么吃，都忙着喂孩子，而年长一些的则边吃边给孩子夹菜。她低下头回想从前，似乎也是这样，一家人在外面的时候，爸爸妈妈也经常忙着给他们夹菜，点菜的时候也都是点他们三个喜欢吃的菜，她总是理所当然地提要求，从来没有问过爸爸妈妈喜欢吃什么。倒是姐姐更细心一点，点菜的时候会加一两个爸妈喜欢的菜。这么想着，她的脸开始火辣辣起来。自己是不是太自私了呢，他们已经极尽所能给予她最好的了，她还挑三拣四。

正当她陷入沉思的时候，餐厅里一阵骚动。她抬头一看，原来进来了一对母子，母亲已经有些年迈了，戴着助听器，儿子搀扶着她。两人正在点餐，一般来说，做母亲的应该会为儿子省钱才对，但是这老太太却尽点贵的。由于是戴着助听器，老太太的声音很大，她一说话，餐厅里其他用餐的人都朝那边看。服务员边听她说边记她点的菜，谁知才写完，老太太又改主意了，说之前的不要了，重点。服务员只好划掉前面的，听她重新点，谁知老太太磨磨蹭蹭半天，点了几个又不要了，然后慢悠悠地翻菜单。服务员笑容都僵硬了，做儿子的见母亲迟迟不点，便小声催了催，哪知老太太忽然大发脾气。只见她边大声斥责儿子边摘下助听器狠狠地摔到地上。

不少人看到这一幕都皱了皱眉头，觉得这做母亲的实在太过分了。儿子捡起助听器，歉意地朝四周笑了笑，然后又坐下哄母亲。老太太纠结了半天之后终于点好了菜，服务员如获大赦般飞奔而去，母子俩坐在桌边慢慢等。老太太坐下来，看看了四周，忽然说："我不要坐在这里了，我们换一个。"儿子忙点头，边扶她起来边问她想坐在哪里。老太太四处看了看，一会嫌弃中间人来人往吵闹，一会又嫌弃旁边的座位太暗。最后，老太太看向她坐的座位，眼睛一亮。她顿时觉得头都大了，但是那个叔叔已经过来问她能不能和她拼桌了。她看着他满脑门的汗，也不好意思拒绝了，只好同意让他们坐过来。

老太太坐在自己满意的位置，安分了不少。这时他们点的菜也上来了，老太太开始大口大口吃饭，反倒是儿子，并不怎么吃，偶尔扒一两口，多数时候都在看着母亲吃。他这种表现跟周围的其他父母完全不同。他看母亲的那种眼神，与其说是看着自己的母亲，不如说是看着自己年幼的女儿。这让她有些意外，不过那毕竟是人家的家事，她也没有太大兴趣。

就在她埋头吃饭的时候，老太太似乎发现了什么，直勾勾地往外看。顺着她的视线看过去，原来餐厅为了招揽生意，在外面举办了一个小活动，只要路过的小朋友肯表演节目，就能获得小礼物。表演的时间越长，礼物自然也就更丰厚一些。她看了看，最好的礼物是布偶，上面还绣着餐厅的标志，已经有不少小孩儿都得到礼物了。老太太看了小孩儿手上的布偶，也吵着要。她的声音很大，周围的人都投来怪异的目光，并且在私底下窃笑。中年人有些为难，他边哄母亲边叫来服务员，问可不可以买一个。服务员面带难色地告诉他，那些都是非卖品，只送给表演节目的小朋友。这边老太太还是不依不饶地吵着要玩具。中年人沉默了一会儿，下定决心一般向外走去。

她看到中年男人似乎对服务员说了些什么，然后，他站在餐厅外面，开始手舞足蹈。大家的目光都聚集到了他身上，带着探究、不解和嘲弄。男人的脸涨得通红，他像是没有看到那些目光一般，专心致志跳着舞。短短的几分钟，在她看来，简直漫长得像一生。跳完舞之后，男人朝围观的人鞠了个躬，然后从服务员手中接过一个布偶。原来，他是为了给母亲赢一个礼物。

老太太拿到布偶之后，很开心，吃饭也老实了很多，男人擦了擦额头上的汗。她终于忍不住说："你对你母亲真好。"其实她更想说的是，你母亲真是一个无理取闹的人。男人似乎听出了她的意思，苦笑着说："她以前不是这样的，我父亲去世的时候，她受了刺激，精神上出了些问题，她身体也不好。"她又说："你母亲以前一定待你很好吧。"男人笑了笑："她将我生下来，就值得我对她好。我小时候答应过她的。"老太太这时已经吃饱了，正拉着他的衣服催促他快走。他笑着扶着母亲离去，她看着他们远去的背影，忽然有些食不知味了。

匆匆结完账，她也没心情再逛下去，现在，她只想飞奔回家。回家的时候，家人正坐在屋子里，母亲正在抹泪，父亲见她回来了，大吼道："你跑到哪里去了！"母亲见她平安无事，又惊又喜，拉住了生气的父亲，喃喃自语："回来了就好，回来了就好。"这件事就算这么过去了。

自从那天以后，她再也没跟母亲斗过嘴，有时候觉得母亲说的没有道理，她也会细心解释。姐姐对她的转变感到很诧异，一天她悄悄问，她只是淡淡地笑："我以前总是在意她给我的是多还是少，现在我想，父母之爱是不能用多寡来区分的，不管个人的感受如何，那都是爱。既然他们爱我，我为什么还要在乎是多还是少呢。我能降生到这个世界，经历一段人生，不都是她的功劳吗。"

父母疼爱子女很寻常，而当你学会宠爱自己的父母时，你才算真正成熟了。

幸福小贴士

一直被父母疼爱的你，会宠爱自己的父母吗？试着做到以下几点吧。

1.耐心倾听他们说的话，不要心不在焉，不要随意打断。

2.给父亲捶背。

3.替母亲洗头发，按摩。

4.留意他们喜欢的菜，试着做给他们吃。

5.不要嫉妒你的兄弟姐妹，你们共享着父爱和母爱，事实上并没有多寡的区别。

将善意传播出去

只要我善待我遇到的每一个人，总有一天，我善待的人也会遇到你，善待你。爱，总会传到你那里。

她是个厉害妇人，一张刀子嘴招呼过来，几乎没人能招架得住，更无法分出心去辨别她是否有颗"豆腐心"。从外表上看，她不过是那种寻常的弄堂小妇人，在砍价持家方面格外精通，因为能干，她代替丈夫成了家里的主心骨。一挑眉便能叫一双吵闹不休的儿女变得老老实实。她的厉害在整个小区是出了名的，夏日里她同一些人坐在弄堂里聊天，说着说着便免不了口角，然而没一个能说得过她的，大家都怕了她那张嘴。

女儿高中毕业之后，她想尽办法将女儿送出了国。女儿走的那天晚上，她坐在女儿的房间里，看着书柜里的书和贴在墙上的明星海报，呆呆地流出泪来。起初她想女儿的时候，总会打那贵得要死的越洋电话，可是因为时差的关系，往往电话拨过去，女儿都在睡，接电话的时候挺不耐烦的，没过多久，她也就不再打电话了。有时候实在想念得紧，她便拿出女儿的照片，一遍一遍地看。女儿有时候也会打电话过来，虽然是在深夜，她听到女儿的声音却一点也不觉得困，不过女儿往往也不会说很多，电话费贵，她也忙。她不怪女儿，毕竟一个人孤身在外，省一点也好。平日里精干万分的妇人，每到这个时候，整个人都会柔软得像能被轻易击碎的豆腐。

女儿离开后的第一个冬天，她早早地开始准备各种吃食，都是女儿喜欢吃的，接到女儿电话的时候，她正准备外出去买女儿最爱吃的小点心。那糕点很受欢迎，她得早点去排队才不至于空手而归。电话那头，女儿说她今年过年不回家了，毕竟离开时是九月份，一月又回来，实在不划算。女儿的声音清脆悦耳，在那边叽叽喳喳地说寒假会在那边打工，已经找到了一家中餐店。她说："不打工也可以，妈供得起，你别太累了。"女儿在那边直笑，说她落后，那边的学生基本都会打工。她不再说什么，原本她将女儿送出国，就是希望她以后能有出息，现在又担心这个担心那个，实在是有些自相矛盾。以前，女儿总是向同学夸耀自己有个漂亮时髦的母亲，现在她却开始笑她落后了。她长叹一声，不服老不行了。既然女儿不回来，她也就不再张罗那些吃食，张罗了也没人吃。空闲的时候，她同丈夫、儿子一起回老家看望乡下的老母亲，见到好些乡下亲戚，吃饭喝酒的时候，有人说起她的女儿，无不夸奖羡慕。她脸上堆满了喜悦，看着人家儿女团聚，心里又涌上了淡淡的失落。周末的时候，她懒得做饭，便同家人一道去附近的小餐馆点了两个菜，即便是在家门口吃饭，她也将头发梳得整整齐齐，打扮了一番后才出去。

　　小餐馆新召了几个学生工，都是附近大学的学生，其中一个女孩儿高高瘦瘦的，看着同她女儿年龄相近，她盯着女孩儿看了半晌，有些黯然神伤。不多时他们点的菜好了，是女孩儿端来的，放下盘子的时候女孩儿的袖子不小心勾到了托盘，整盘菜都倒在她身上了。丈夫的脸色一下变得很难看，女孩儿吓得眼圈都红了，边道歉边拿过纸巾要帮她擦。她止住了女孩儿的举动，低声安慰：“没事没事，你忙去吧，我自己去洗手间洗洗就好了。”丈夫还想说什么，她一摆手止住他，又安慰了女孩儿几句让她放心去忙，然后自己走到洗手间去整理了一下。今天的这身衣服是女儿出国前陪她一起去买的，是她最喜欢的一身衣服。她用纸巾沾了水仔细地擦了又擦，污渍却还在上面，她叹了口气，算了，一会儿送到干洗店洗好了。出去的时候菜已经重新上来了，她平静地同家人吃着饭，没有流露出丝毫不快。丈夫和儿子面面相觑，都觉得不可思议，按说照她的脾气，现在一定会将餐馆老板连着那女孩儿一起臭骂一顿，之后肯定会让他们赔衣服的，今天怎么什么都不说呢？要走的时候，女孩拦住他们说要付干洗费。她和颜悦色地劝阻了女孩儿，哼着歌同家人一起回到家中。这时儿子忍不住问："妈妈，今天那姐姐把你衣服弄脏了，你怎么不骂她？"

她淡淡一笑，"那女孩儿和你姐姐差不多大，你姐姐一个人在外面，不久之后便要去餐馆帮忙了，从小到大我没让她做过什么家务，像今天这种事，说不定她也会遇到，如果遇到个苛责不休的人，她一定会挨骂的。一想到这我就难受，我自己的孩子舍不得骂，又怎么能去骂别人的孩子呢，我在这边善待别人，也希望她在外面遇到能善待她的人。再说了，不过是一点污渍，好好洗洗也就是了，没有必要去骂那个小姑娘。我们一骂她，老板为了让我们消气，说不定会直接将她开除，为了一件衣服就让她失去一个工作机会，何苦呢？"儿子听了，沉默了半晌，对她说："妈，你也别太担心姐，她机灵着呢，不会吃亏的，上次她来电话不是还说交到很好的朋友了吗，你应该为她高兴。"她长吁了口气，是啊，女儿向来有主张，现在自己能做的，就是相信她。

傍晚，一家人坐在沙发上看电视，不知怎的就说到偶像上来了，这时就听儿子说他最崇拜的人不是明星，也不是伟人，而是一个小男孩儿。她和丈夫都有些好奇，问他那是怎样的男孩儿。儿子喝了口水，说："说起来，这小男孩儿和妈还挺像的。"她和丈夫面面相觑，耐着性子听儿子说下去。

原来儿子说的是一个从书上看来的小男孩儿。那是国外的一个孤儿，刚出生时就被遗弃在孤儿院门口，儿子清清嗓子："这个小男孩儿我们暂且称呼他为'彼得'好了，"她看着儿子一本正经的样子差点笑出声来，儿子抱着抱枕接着说道："彼得靠着政府救济和民众捐助一点一点长大。因为他长得不好看，也不是特别聪明，所以一直没有家庭愿意领养他。看着身边好些同龄的小孩儿被领走，彼得很羡慕，总是希望有一天也能有人收养他，可是让彼得失望的是，这样的人始终没有出现。随着年龄的增长，彼得被领养的可能越来越小，他渐渐断了这个念头，只是一看到街上有妈妈领着孩子逛街，他眼中就流露出渴望的神情。

孤儿院里有个老奶奶待彼得很好，彼得就是她发现的。彼得常常向她询问捡到自己时的情形，希望里面会有寻找自己父母的线索，然而，让彼得失望的是，遗弃他的人只留给他一张裹身子的旧毯子，连他的名字和生日，都是老奶奶定的。彼得三岁的时候，孤儿院有一个孩子的父母找了过来，他们因为有不得已的理由而抛弃了这个孩子，风波过后他们一直在找自己的孩子，现在终于可以一家团聚了。年幼的彼得看着那个被母亲紧紧抱在怀里的孩子，十分羡慕，他连声问奶奶："是不是有一天，我的父母也会找到我，然后带我回家。"奶奶看着殷切期盼的彼得，不忍让他难过，便点头称是，彼得高兴坏了。

从那以后，彼得经常跑出孤儿院，坐在通往孤儿院的那条路的路边，等待父母前来。来往的居民看着他总觉得不忍，有些膝下无子又不嫌彼得难看的家庭也曾经提出要收养彼得，彼得都不肯去，他将小小的身子藏在奶奶身后，说到："如果我跟你们去了，我妈妈会找不到我的。"那些人只好作罢。渐渐彼得长大了，他经常跑到镇上，看望自己以前的伙伴，遇上什么人有困难，他都会出手相助。比如帮哈代太太跑腿去小商店买糖，帮哈德逊先生劈柴，而当人们提出要答谢彼得的时候，他总是摆摆手，对受他帮助的人说："我并不要您的谢礼，我只希望如果有机会，您能去帮助十个人，然后对他们提出这个要求。"大家都疑惑不解，问彼得为什么要提出这样的要求，彼得总是一抿嘴羞涩一笑便跑开了。

这天镇上来了一群外乡人，他们驾驶的马车陷在淤泥中动弹不得，就在这群绅士为难的时候，路边跑出一个瘦瘦小小的小男孩，他找来几块木棍和一些石块，以石头为支点，很快他们就将车轮撬出了淤泥。这时为首的一个先生掏出皮夹拿出一些钱用来答谢这个聪明的小男孩儿，小男孩儿并没有伸手去接钱，而是对他说："先生，我帮助您不是为了钱，我希望您可以给我一个承诺作为谢礼。"这位先生原本看着小男孩儿的眼神还带着几分赏识，听他这么一说，不禁皱起了眉头，觉得这个孩子机灵过头，有些贪婪了。虽然有些不满，他还是问道："你希望我答应你什么事呢，我的小勇士？"男孩儿微微一笑，先向这些大人行了一个礼，然后说："我希望您答应我以后也能帮助十个人，然后让他们做出同样承诺。"很显然，这个小男孩就是彼得。听了这个要求，先生们都很奇怪，为首的那位问道："为什么呢，这样对你没有任何好处不是吗？你完全可以拿着我给你的钱为自己买几件好一些的衣服。"彼得摇摇头："我并不缺少衣服，在这个镇上大家对我都很好，我很高兴我能来到这个世界，也很感激将我带到这个世上的母亲。虽然我从没有见过她，以后说不定也没有机会见她了。我希望我能帮她做一些事，哪怕只是跑跑腿说说笑话，可是我现在还不能去找她。如果我帮助了十个人，这十个人说不定就会帮助过我的母亲，作为儿子帮这些人做些事是应该的，我不该要谢礼，即便他们没有帮过我母亲，我现在帮助他们，说不定有一天他们会遇见我母亲，然后对她伸出援助之手，这样看上去就如同我为我母亲尽孝一样。我帮的人越多，我母亲受惠的机会就越大，这样即便我不在她身边，她也还是感受得到人们的善意，那样她也一定会感到幸福的。这是我送给她的礼物。"

先生们都呆住了，他们看着眼前这个衣衫褴褛的小男孩儿，觉得他小小的身躯里蕴含着无穷的力量，而这个力量，正是出于他的善良和对母亲无尽的爱，良久，为首的那位男士伸出手，摸摸彼得的头："我答应你，孩子，我以一个军人的名义宣誓。我很嫉妒你的母亲，因为她生了一个天使。"

儿子讲完彼得的故事后，她和丈夫都有些感动，儿子又说："我想即便最后彼得还是没有找到他的母亲，他也很幸福，因为他的付出，他所在的那个城镇一定变成了一个充满爱的城镇，其实做十件好事也不算太难。我们在这边多帮别人一点，说不定姐姐在美国得到的帮助会更多。"她和丈夫沉默了，然后她忽然起身说道："我去帮三姑纳鞋底。"丈夫也站了起来："单位的小徐让我帮他找找资料的，现在反正没事。"儿子坐在沙发上得意地笑，伸手给姐姐拨了个越洋长途："女王大人吗，是小的，嘿，老姐，我跟你说，你下次回来，我保证你绝对认不出老爸老妈了。"那边睡眼蒙眬的女孩儿一听是弟弟，气得大吼："不要凌晨三点给我打电话啊，小鬼！"

幸福小贴士

只要匀出一点点善意和爱心，我们的世界就可以变得很美好，人是社会性动物，没人可以完全不靠他人的帮助独立成长。在感受到别人的善意时，我们不妨做些事，将这份善意传播出去。正能量的扩散，往往能创造出令你难以想象的影响力。从今天开始，做一个善良的人，去爱这个世界，你爱这个世界，才能真正感受到它对你的爱。

1.少抱怨，我们的一生是很短暂的，如果你一直抱怨命运的不公，你的整个人生将始终笼罩在一片消极情绪中。

2.不嫉妒，你要学会真正欣赏别人的优点，不是所有人取得成功都是源于投机，也不是所有人都不如你，不是所有人做善事都是作秀，你要相信人的善意。整天处于怀疑中，只会让你更累。

3.尽可能去帮助你遇到的有需要帮助的人，不要介意他是否跟你说谢谢，不要介意他是否有谢礼给你，他没有道谢，是他自己的素质问题，这不是你袖手旁观的理由。

4.爱自己的家人，同时也要意识到，你周围的那些人，不仅是同学、老师、工人，他们也是某个家庭的孩子、父亲、母亲，你爱自己家人的同时，也要尊重别人的父母和家人。

善待身边的每一个人

他高中毕业的时候，在街角的那家饺子铺吃了最后一顿饺子。吃完之后，他走到老板面前，对他们说："我毕业了，以后可能不来吃饺子了，我觉得你们可以另外找个工作，每天摆摊摆到深夜多辛苦啊。而且饺子卖得太便宜了，挣不到什么钱。"老板擦擦手，憨厚地笑了："是啊，我以后也不做这个了。"他点点头，之后又觉得有些不舍："唉，以后的学生都没口福了啊。"老板一听，微微一笑。等老板向他说了一番话后，他整个人都惊呆了。

他在这个小摊上吃夜宵已经有三年了，刚上高中时，可能是因为处在发育期，每到下晚自习的时候，他都会觉得肚子饿，因此每天晚上回到家，他都要开火煮点夜宵填肚子。这天他和同学走出校门，相互道别后，一个人往家走，因为其他人的家都在另一个方向，因此他每天都是一个人上学放学。没走多远，他忽然看到经常路过的那个街角的路灯下多了一个小摊子。再走近一点，他闻到了扑鼻的香味，原来这里新开了一个饺子铺。他走过去边掏出钱边问老板饺子多少钱一碗。老板看了看他手心的三个硬币，说："三块钱一碗。"他稍稍放心，还好钱够。

他坐在放在一旁的条凳上边等边和老板聊天。原来他们就住在附近，家里有个上大学的女儿和一个上高中的儿子，负担太重，所以白天工作结束后，晚上会摆摊做点小生意。他听着直在心底感叹，讨生活真不容易。很快，饺子好了，他一看，满满一大碗水饺，新开的这家怎么这么实惠。他也不多想，拿着筷子蘸着醋就开始吃起来。吃完他抹抹嘴，觉得肚子都鼓起来了。付完钱谢过老板后，他高高兴兴往家走。这天过后，他几乎每天都去那里吃夜宵，因为正处在青春期，活动量大，倒是没怎么发胖。

和老板熟了之后，他有时候也会和他们说说学校里的事。老板也乐呵呵地听，有时候还会给他一些建议，这让他觉得很开心。老板有时候也会感叹，说他上高中的儿子每天回家后就直接钻进房间，也不怎么和他们说话，他们也不知道现在的孩子都喜欢什么讨厌什么，现在和他聊天过后，心里也有底了。他听了忽然发现自己其实和老板的儿子差不多，也是每天回家跟父母打完招呼后便进房间，交流越来越少。那天吃完饺子后，他回家想了想，决定平时就算没话找话也要跟父母说说话。

　　不知不觉他已经在那个小摊子上吃了大半年的夜宵了。这时他也升入了高二，到了高二，晚自习的时间延长到了9点半，比之前足足长了一个小时。上晚自习的时候，他就已经饥肠辘辘了。可是，已经这么晚了，那个小铺子应该已经关门了吧。下了晚自习，他慢慢往家走，路过那儿的时候，他惊讶地发现老板还在。他忙跑过去，老板笑眯眯地给他下饺子。他边吃饺子边问："你们每天摆摊摆到这么晚吗？"老板笑着点点头。他愈发觉得他们挣钱不容易。虽然有些时候他并不饿，但还是会习惯性地走进那家饺子铺，算是照顾他们的生意。

　　因为一个人回家，有些时候他还是会觉得害怕，但是只要看到饺子铺在那里，他就觉得心里踏实。十一月的一天，他下了晚自习后，天已经很黑了。他边哆嗦边往家走，快到饺子铺的时候，忽然发现身后有几个人在说话。联想到学校最近盛传的校外抢劫事件，他不由心一紧，三步并作两步往饺子铺走去。身后的人见他开始跑，也跟着追了过来。他愈发紧张，好不容易冲进饺子铺，把正在包饺子的大叔吓了一跳。大叔见他神色慌张，忙问他怎么了。

　　他挠着头不知道该怎么说，和往常一样，他要了一碗饺子。大叔下饺子的时候那几个人也跟上来了，在铺子外探头探脑，大叔看了他们一眼，好像明白了什么，他边擦手边对他说："吃完了就早点洗澡睡觉，这摊子有我和你妈，你不用管。"他微微一愣，瞬间明白了大叔的意思。他点点头，冲着大叔说："嗯，知道了爸，你们也早点休息。"因为他们的声音很大，而且说话的样子也很自然，不知道的都以为他们是父子。在外面徘徊的人似乎有些犹豫，大叔也不再说什么，直接拿着刀开始剁肉馅。剁肉的声音之大，让人怀疑他简直要把砧板劈烂。那几个小青年吞吞口水，一溜烟跑了。他这才放下心来，紧张过后食欲愈发旺盛，他从来没有觉得饺子像今天这么好吃。

那天吃完饺子后，他正要走，老板擦擦手，喊来老板娘看铺子，然后说要送他回去，免得那些小青年又找他麻烦。回去的路上老板和他边走边聊，他忽然觉得，其实他们真的挺像一对父子。

高二那年的夏天，气温很高，他待在屋子里百无聊赖，这时好友打来电话，两人东拉西扯一顿乱侃，末了朋友说："你知道吗，我们学校又淹死人了。"他有些吃惊："谁啊？"朋友说："我也不清楚，好像是一群人去江里游泳，然后被漩涡卷进去了。"他跟着唏嘘了一阵，这话题就过去了。开学后他再路过街角走，发现那家饺子铺不知为什么没开。他有些奇怪，或许家里有事吧。一连一个星期，都没看到老板和老板娘。为了充饥，他又开始煮泡面。可是吃来吃去，还是觉得饺子最好吃。端着泡面，他心想，也不知道以后还能不能吃到那么好吃的饺子。

就在他以为饺子铺彻底歇业的时候，却忽然看到饺子铺重新开张了。他乐呵呵地走进饺子铺："老板，你们可开张了，我吃泡面都吃腻了。"昏黄的灯光下，老板和老板娘似乎老了很多。也许是灯光的问题吧，他心里嘀咕着，老板已经给他端来了一碗热腾腾的水饺。他也不再多想，直接举着筷子开始吃起来。老板忽然问他："我记得你是学文科的吧。"他点点头，老板说："我女儿高中时有一些复习资料和笔记，你要吗？"他原本想婉拒，考点一年年在变，但毕竟是人家的一片好意，他还是点点头："真的吗，可是，您的儿子不是也在读高中吗？"老板的笑容僵了下，然后低声说："他用不着了，他学的是理科。"

他笑眯眯地说："那我就不客气了。"老板也开始笑。等到老板将那些书交到他手上时，他有些吃惊了，一是数量之多，二是质量之优。看来老板的女儿成绩不错。回家后他翻开资料一看，上面端端正正写着"王岚"。他差点尖叫出来，这位学姐可是超级学霸，虽然已经毕业几年了，老师说起她来还是夸个没完。没想到她居然是老板的女儿。

转眼间到了高三，每天昏天暗地地学习，吃饺子成了他最期待的事情，因为只有那个时候，他才有喘息的机会。虽然老板也会和其他人一样问他学习情况怎么样，有没有想过要考哪所学校，想读什么专业之类的问题。可是他并不讨厌，他知道，老板的那些问题的背后，是对他的关心。而且，他记得老板的儿子貌似是和自己一届的，想来他也想通过询问来侧面了解自己儿子的情况吧。因为这些理由，但凡老板问什么，他都会知无不言。

进入高三后，老板开始有意无意地给他加餐，往往一碗饺子里面，还会卧着一个荷包蛋或者几块排骨。他知道老板是一番好意，只是每次付饺子钱的时候，会额外多给一点。老板都会退给他，说他也是在给儿子准备的时候顺便多准备了一点，让他不用在意。这样反复几次之后，他便不再推辞。转眼间他要步入高考考场了，开考的前两天，高三开始狂欢。数不清的考卷、书本如同下雪一般从高三楼上纷纷扬扬往下落。毕业晚会，誓师会，所有的场合，都有人在哭在笑。他将书本和复习资料都打好包，最后看了一眼自己的课桌，忽然有种涌泪的冲动。然而现在不是哭泣伤感的好时候，他的战斗还没有开始。

抱着书本回家的时候，他路过饺子铺，吃了考前最后一顿饺子。临走时，老板怜爱地看着他，然后轻轻地说："好好考，不要太紧张。"他点点头，笑容灿烂："希望您的儿子也取得好成绩。"老板笑容黯了下，说："当然，当然，谢谢你。"

两天很快就过去了，坐在返校的车上，大家一起唱歌，不知是在与高中生涯作别，还是在安抚自己那颗紧张的心。他坐在最后一排，看着车窗外不断后退的风景，觉得自己像是做了一场梦。这就结束了，那么多个日日夜夜，那些痛苦，那些疲惫，到了此时此刻，就算结束了吗？

高考结束后，他在家睡了两天两夜，他太累了。等到他醒来的时候，肚子已经饿得敲锣打鼓般抗议了。妈妈说要给他做点吃的，他拒绝了，拿着钱出了门。他想去吃饺子。以前都是来到饺子铺，老板坐在店里。不问什么，也不说什么，老板开始给他煮饺子，他安静地等。吃完之后，他和老板道别，劝他们换个工作，毕竟每天晚上摆摊子也太累了。老板淡淡一笑："是啊，摆完今天，我们也不做这个了。其实去年我们就不想再做了，可是每天下班回来，两个人坐在屋子里，要是不找点事来做，心里憋得难受，所以关了一阵子，就又开了店。"他笑着问："给儿子念书的钱已经攒够了吗？"老板动动嘴，眼泪落了下来："已经不用再给他攒钱了，那孩子，那孩子去年暑假就走了。"他惊呆了，去年夏天，难道朋友说的那个淹死的男生，就是老板的儿子。一时之间，他不知道该说什么好。难怪老板夫妻一下子老了这么多，难怪他们再也没在他面前提过儿子。那，他们是用一种怎样的心情来度过之后的每一天的呢。

老板擦擦眼角，说："是这孩子没福。我和他妈妈每天摆摊，忙起来就不觉得难受了，更何况你每天都过来，和我们聊天，看着你，我们就当孩子又回来了。你，你长大以后，一定要好好孝敬你爸妈啊。"他看着眼前这对老实憨厚的中年夫妻，眼泪开始往下落。大叔忙给他抽纸巾："唉，男儿有泪不轻弹，别哭别哭啊。"他接过纸巾，却发现眼泪怎么也止不住。他忘了自己那天是怎么回去的，只知道那个夏天，他一有空就会去找那个大叔，陪他一起下棋看戏。

傍晚，夕阳西斜，他和大叔两个人去公园散步，遇到同学打招呼，他都会对对方说，"这是我爸"。他后来才知道，那家饺子铺的饺子从来没有卖过三块钱，他第一次去的时候，老板看他很饿，手里的钱又不够，就说只要三块。后来想到他是学生，也就没提钱的事情。而且，他们起初铺子只开到九点，后来见他们放学迟了，便又往后挪了一个小时，每天招待完他后，铺子也就打烊了。为了让这个独自回家的学生能够不饿肚子，他们坚持将小店开了三年。虽然中间发生了很多事，但是事后想起来，那段在小店吃饺子的时光，也许是彼此生命里最温馨最美好的一段时光。

幸福小贴士

　　善待身边的每一个人吧，因为在你不知道的地方，你曾经受到过这些善良的人们多少照顾。

　　1.热情地跟对方打招呼，不管对方的职业为何，社会地位为何，你的一个微笑，总是能温暖很多人。

　　2.关心身边的每一个人，他们也许正经受着某些难以言说的痛苦的折磨，你的善意，可以帮助他们缓解疼痛。

用行动来表达爱

　　爱，也许是这个世上最神秘的东西。人们看不见它，摸不着它，却经常谈论它。它有时让人欣喜，有时使人悲伤。得到它的人，心满意足，失去它的人，痛不欲生。

　　的确，不管是得到还是失去，爱总是可以轻易左右你的心情。在爱面前，有多少人可以做到"得之我幸，失之我命"呢。更让人无奈的是，也许心中有爱，却永远也说不出口。我们都喜欢爱，我们也知道爱就在那里，可是很多时候，我们根本不知道该如何表达这种爱。

　　某个失眠的夜晚，浏览网页的时候，忽然看到一本小书，名叫《三行情书》，原先以为是恶搞笑话之类的小段子，点进去看的时候，才发现是一段段爱的告白。慢慢点开，随着鼠标的滑动，一封封短短的情书映入眼帘。

第一封情书，来自于一个16岁的少年。他是这样写的：

你的那些恶作剧，

我是故意中招的，

因为想看见你的笑脸。

这是少年人特有的含蓄告白，虽然只是寥寥数语，却将那种青涩懵懂的心情明确地传达给了对方。相较于16岁的小男生，19岁已经可以自由恋爱的女孩儿表达情感的方式要更加直接一些。

醒来的我，

仍然紧握着手机，

因为在等你的短信。

同样是三句话，读起来却让人有些心酸，等待中的酸与甜，唯有体验过等待的人才能了解，因为不想错过任何一条短信，所以牢牢拿着手机。她最后等到了还是没有等到呢？她的等待对方知晓吗？这些，无人知道。很多人都会说，男孩儿和女孩儿是不一样的，很多时候，女孩子已经想了一堆了，男孩儿还毫无察觉，因此恋爱的时候，女孩儿受到的折磨往往会多于男孩子，虽然这种折磨很多时候都来自于她自身。相较于19岁女孩等待煎熬，19岁的男孩儿的告白则充满了忐忑。

直到你的心门打开之前，

我都会一直敲下去，

请千万别假装不在家……

一方面，鼓励着自己大胆去追求，并且锲而不舍，而另一方面，他又何尝不是在担心，对方真的永远不开门呢。三行情书，寥寥数语，将这些恋爱中的少男少女形象勾勒得唯妙唯肖。

除了这些正处在人生花期的少年，还有一些人，他们的告白也很特别，或可爱，或悲伤，或意味深长。

我这个人，游泳很差劲的。

拜托了！

可以和我一同畅游这人生之海吗？

很含蓄的告白，其中开始包含着责任，相较于少年人不顾一切地恋爱精神，青年和中年人，他们除了爱情，需要考虑的东西更多了。他们的爱情，不再仅仅是爱，其中还包含着各自的未来。因此，这位59岁的男性，才会说出一起畅游人生之海的请求吧。

另外一些告白，很寻常，也让人觉得很温暖，比如下面这一则，来自于一位24岁的女性。

看天气预报的时候，

会先看你住的地方，

今天好像会变暖和哦。

其实很多人都会这样做，在老家的父母，看天气预报时，会不由自主去看孩子所在的那个城市的天气，然后打长途嘱咐他们增减衣物。而异地恋的恋人，也会用这种特别的方式来关心对方吧。虽然没有办法亲手为你准备衣服，但是，天气暖和的话，也会安心不少。写这类情书的，大多是女性，可能是女性比较细心，又比较含蓄的缘故吧。

和女性一样含蓄的，还有一些中年和老年的男性。到了他们这样的年纪，再让他们说缠绵的甜蜜蜜的情话，实在是有些为难，因此在写情书的时候，他们的表白反而看着像是顾左右而言他。比如这封来自滋贺县的51岁男性的情书，就写得很羞涩。

如果人类有尾巴的话，

——说起来有点不好意思，

只要和你在一起，一定会止不住摇起来的。

不过在所有有关爱情的情书中，我最喜欢的是这两首。

第一首来自福冈县的8岁男孩儿：

如果小唯送我巧克力的话，

就算是再滑溜溜的水沟，

我也会去捉青蛙来送给你哦。

非常可爱的承诺，而另外一首，则来自一位20多岁的女性。

抱怨着异地恋的痛苦，

奶奶轻声说，我啊，从20年前就已经开始这样的恋爱了。

在天国的爷爷，你听到了吗？

前面一首，是泛着童真的喜欢，而后者，则是厚重的思念。这是爱情最初的模样和最后的模样。虽然整本书都是情书，但是对象也不一定是写给情人。全书有近一半的篇幅，是写给家人尤其是母亲的。此外，还有写给爷爷的，写给弟弟的。虽然都只有短短三行，却满满的都是爱。

诚然，相较于诗人的情诗，这些情书都太寻常和简单了，可是你一则一则读过去的时候，总会觉得心里暖暖的。也许是因为，它正好说出了我们此时此刻的心声吧，爱的表达，何须华丽精致呢，这种朴素的传达，也同样震撼人心。

看完小册子之后，我顺便看了一下资料，原来三行情书之所以诞生，是因为日本汉字协会想要推广汉字教育。自1994年开始，他们举办了"用汉字给你爱的人写三句话"的活动。虽然本意是为了教育，但是最终演变成了全民示爱活动。民众们开始以这种简单的方式来表达自己的爱。后来，来自日本全国各地的情书被集结成册，出书之后瞬间风靡全国，而且一风靡，就是十年。

如果你也不知该如何对爱人和家人说出你的爱，不妨试试写写三行情书吧。

幸福小贴士

　　爱，总是很难说出口。虽然明知就在那里，但是说和不说，效果往往会千差万别。如果真的觉得用言语表达太过艰难，那么不妨用行动来表达吧。不管怎样，爱这种情感，还是需要表达出来的。

　　1.经常拥抱你所爱的人吧，拥抱会使人心情愉悦。

　　2.多多关心你爱的人，提醒他们雨天带伞，晴天晒被。虽然有唠唠叨叨之嫌，但是对方也一定明白，你是在关心他。

　　3.试着给爱的人做饭吧，亲手做的也许不如外面买的，但是因为有辛苦在其中，吃起来也会格外香甜吧。

与阿丑友好相处

　　每个在她家见到阿丑的人都会吓一跳，然后挤出一点笑说："这猫长得还真是特别啊，哈哈哈。"以人类的审美来说，阿丑长得的确不美。除了奇怪的灰不溜丢的毛色以外，它的耳朵还缺了一块，算是五官不全。整张猫脸上，只有那双圆溜溜的眼睛还算看得过去。每次被家里的客人评头论足，阿丑就轻蔑地撇他们一眼，然后转身用屁股对着人家。搞得她每次都得小心安抚，让阿丑别和区区人类一般见识。

　　不少人都问她家里怎么养这么一只宠物，如果要养，当然还是要养那种漂漂亮亮的。李然只是淡淡地说，阿丑是捡回来的。对方便了然一笑，难怪了。她其实很想说，虽然阿丑长得不讨人喜欢，但是它也很乖，很懂事，有时候也很孩子气。它并不是她的宠物，而是她的好朋友。

之所以会养阿丑，是因为遇到它的时候，它实在太可怜了，让人忍不住生出恻隐之心。李然还记得那是一个雨天，她背着书包撑着伞，穿过层层雨幕往家走。经过一个小区的时候，忽然听到了小猫的叫声，因为叫声太过凄厉，她最终还是停下了脚步开始四处寻找。

猫咪高低起伏的叫声和雨点击打伞面的声音混在一起，李然努力倾听了半天，终于发现那个声音是从一个垃圾桶里传出来的。她走过去一看，在垃圾桶里，有一只湿漉漉的小猫，毛贴在皮上，显得更加瘦骨嶙峋、可怜巴巴。它站在被淋湿的垃圾上，正在小声叫唤着。

李然朝小猫伸出手，小猫吓得连连往后退，并挥舞着爪子想挠她。她稍微倾了下身子想把它捉出来，靠近一些了才发现这只猫身上有些伤痕，毛上沾着血和灰尘，有些地方还有被烫过的痕迹。虐猫的事她以前听说过，但远不如亲眼所见震撼。她愤怒地抬起头向四周看，希望可以找到可疑的人，可是漫天大雨里只有她一个人。小猫还在叫，不过声音已经有些弱了。

李然忙解下脖子上的丝巾，上前将猫裹住，然后将它从垃圾桶里抱出来。小猫拼命挣扎着，一直试图从她手上挣脱。她稍稍用力按着它，撑着伞快步朝家走去。因为小猫挣扎个不停，她又要撑伞，因此这一路走得格外艰难。等她走到家门口的时候，全身都淋湿了。推开家门妈妈见她这样子吓了一跳，忙去找干毛巾。小猫这时奋力一挣，从她手上挣脱下来。因为还太小，猫并没有稳稳落在地上，而是直接摔在地板上。她正要探下身子去捉，小猫已经从地上爬起来冲到了沙发下。它跑过的地方留下了一串黑脚丫印。妈妈拿着毛巾出来猛然看到一团黑乎乎的东西钻到了沙发下，吓得差点叫出来。

"刚才那是什么？"妈妈惊魂未定地问。李然边擦头发边说："是我捡回的猫，有些怕生。"妈妈放心下来，蹲下来往沙发下看。只见灰不溜丢的一团缩在沙发下，因为淋了雨，李然打了个喷嚏。妈妈也顾不上猫了，忙让她去洗热水澡。等李然洗完澡出来的时候，就见爸爸妈妈躲在房间的门口，正偷偷往外看。她不解地问："你们在看什么？"爸妈忙冲她摆手，又指了指沙发。她顺势看过去，沙发旁放了一小碗牛奶，旁边还滴了几滴，一串黑色小脚印从碗边一直延伸到沙发下。想来方才小猫正在喝牛奶，听到她说话又给吓回去了。她止住脚步，小心退回浴室门口向客厅张望。等了两分钟，就见一个小脑袋从沙发下探了出来。它左右看看，见没有异常，便耸动着鼻子小心翼翼往牛奶碗那边走。每走一两步，它都会停下来四下张望，一副随时准备逃到沙发下的模样。就这么走走停停，它终于又来到放牛奶的碗边，放心大胆喝起来。它显然是饿坏了，喝得很急，一个不小心还呛到了。它边咳嗽边用爪子摸脸，牛奶糊得满脸都是。李然看它那样子，差点笑出声来。眼看猫喝得差不多了，李然忽然看到爸爸妈妈缓步朝客厅走。怕再次吓跑猫，李然没敢动，只是好奇地看着他们。

　　小猫还在舔牛奶，没有发现有人正在靠近。说时迟那时快，爸爸以迅雷不及掩耳之势一把捉住了猫，然后大喊："捉住了。"李然吃惊地看着爸爸，这是做什么？妈妈从房间翻找出一瓶婴儿沐浴露："这个是弱碱性的，应该不会伤到它，好了，快去给它洗澡吧。"原来在李然洗澡的时候，他们就商量着要给这只花猫也洗一洗。小猫忽然受制，不停地扭动，还挥着爪子做出攻击的动作。好在爸爸的手够大，把它抓得稳稳地。妈妈走进浴室开始放水调水温，觉得水温差不多了便让爸爸将猫拎进浴室。

　　接下来的一切让李然看得目瞪口呆。因为猫怕水，所以给它洗澡的时候，小猫的反应格外激烈。爸爸妈妈联合起来才制住它。等他们终于把小猫身上的垃圾、灰尘、血渍都洗干净时，两人已经累得满头大汗了。整个过程猫叫得格外凄厉，李然看得胆战心惊。好容易洗干净了，这还没完，又得给这只瘦骨嶙峋的猫吹干毛。因为爸爸妈妈给它洗澡时弄了一身水，要去换衣服了。因此吹干毛这个重大任务就由李然接手了。

　　李然用干毛巾裹着猫，一只手按着它，另一只手拿着吹风机。猫起先还好奇地看着吹风机，但一听到它的轰鸣声，几乎吓破胆，开始拼命往后缩。李然没办法，只好先抱着它将电吹风固定在架子上，然后打开电吹风，举着它开始前后左右吹。因为怕热风伤到它，李然稍微站得远些，好在猫咪的毛不长，不一会儿湿漉漉的毛便被吹干了。李然关掉电吹风，抱着猫坐在沙发上，真是累啊。

　　现在可以好好看看这个小猫了，它的毛灰不溜丢的，虽然明知道已经洗干净了，李然还是觉得它的毛上还是沾着灰，简直就和灰姑娘一样嘛。它的左耳缺了一小块，伤口已经开始愈合了，就是不知道会不会影响到它以后的生活。然后，它的鼻子上，有一小块黑斑，这让它看上去像个小媒婆。李然看着看着不禁哈哈大笑，这小猫可真丑。

这时爸爸妈妈也出来了，妈妈手上拿着一个纸盒子和几件旧衣服，给小猫做个简易的小窝。李然将猫放进纸盒里，小猫撑着身子想爬出来，可是它太小了，根本爬不出来。

安置好小猫后，李家一家三口都瘫在沙发上，妈妈感慨道："我带李然的时候都没这么累过，这小东西还挺有劲儿的。"爸爸也笑："可不是，它还想咬我呢。"李然说："那也不怪它，之前它被人丢进了垃圾桶，差点被烧死，身上还有伤，也不知道之前还受了什么苦呢。怕人也是理所应当。"爸爸妈妈点点头，商量着要给这只猫起个名字。妈妈说："贱名好养活，要不就叫'阿丑'好了。"李然一想到小猫的脸，觉得这名字也不错。就这样，李家多了一个新成员，小猫"阿丑"，因为阿丑是只小母猫，爸爸也喜欢叫它"丑姑娘"。

刚住进来时，阿丑还有些不习惯，一听到盒子外面有动静就将自己埋进衣服里，没有人的时候，它又很想"越狱"。它不断地伸长身子，希望从盒子里爬出来，可惜这个纸盒又高又大，它根本没有办法爬出来。不过它也有放风时间，每天吃饭的时候，李然便会将阿丑从盒子里拿出来，让它吃饭喝水。吃完饭后，阿丑有一段自由活动的时间。它可以在客厅进行大冒险。开始几天阿丑一吃完饭就躲到沙发底下，后来它慢慢习惯了屋子里的这几个人，即便李然他们在客厅里，它也会这里看看那里嗅嗅。再之后，它大概明白这些人不会伤害它，开始允许他们在给它喂食的时候摸一摸它。

半个月后，阿丑已经完全和李然一家混熟了。爸爸看报纸时，它会在他腿边蹭来蹭去，要他把它抱上沙发。妈妈在厨房做饭时，它会蹲在厨房门口直勾勾地看，直到妈妈顶不住压力赏给它一点鱼一点肉。李然回家后，它会一直冲她喵喵叫，直到她抱着它给它顺毛。它的活动范围也不再仅限于客厅，但凡是阳光灿烂的好天气，它都会冲爸妈叫唤，让他们将它抱上那个被阳光包裹着的藤椅。在那张藤椅上，它会美美地睡上一个下午。小猫长得很快，不知不觉它已经能够自己跳上沙发和藤椅了。妈妈给它换了个新窝，里面放着李然的旧坐垫，它也不嫌弃，趴在里面照样睡得香甜。

它像个三四岁的孩子，一听到有人开门，便冲到门口，希望也可以跟出去。因为怕它跑丢，李然从来不敢将它带出去。这天爸爸忘了关好门，结果阿丑逮住这个机会跑出去了。李然和父母对此一无所知，以为它躲在衣柜里睡觉。是的，现在阿丑已经长成一个能爬上衣柜的大猫了。等李然给阿丑喂食时才发现不对劲，要是往常，阿丑早就边叫唤边跑出来吃饭了，今天不管她怎么唤，阿丑居然连应都不应一声。发现猫不见以后，李然忙和父母去找。可是找遍了整个小区，也没看到阿丑。

李然坐在阿丑经常睡觉的那张藤椅上，差点哭出来。这只傻猫到底跑到哪里去了，会不会被欺负，它还能找到回来的路吗，会不会又变成流浪猫。李然越想越难受。虽然阿丑不是一只漂亮懂事的猫，但是她还是很喜欢它。她是看着它长大的啊。她想到阿丑第一次蹭她的腿，眼泪终于掉下来了。这时，她忽然听到了猫叫。她忙起身去看，爸爸打开门，阿丑正站在门外。它身上沾着灰，嘴里，嘴里居然叼着一只老鼠！一家三口面面相觑，妈妈首先发出一声惨叫，跑回了房间。阿丑放下猎物，冲着爸爸"喵"了一声，直勾勾地看着他。爸爸挤出笑容："啊，丑姑娘回来啦，还抓到了老鼠，干得好。"

阿丑又叫了一声，叼着老鼠进了窝，李然看着它左右摇摆的尾巴，觉得它心情似乎不错。眼看着阿丑要享用自己的猎物了，李然忙退回了房间。阿丑是真的长大了，居然连老鼠都会抓了。李然觉得有些欣慰，可是，要是它吃不完，那个残骸要怎么办？李然一想到这个，又觉得毛骨悚然。

这以后，阿丑开始时不时出去打猎，每天到饭点了才回来。妈妈受惊了几次后也习惯了，见它打猎辛苦，便劝它："阿丑啊，不用这么拼命，家里的东西够你吃。"阿丑也不懂，仍旧时不时叼回猎物。自从阿丑会打猎后，一楼李奶奶家再也没闹过鼠患，李奶奶乐得嘴都合不上了。每次买了小鱼，还会专门给阿丑送来几条，感谢它赶跑了老鼠。阿丑也不懂客气，别人给它就吃。这让妈妈有些担心，万一阿丑在外面吃了有毒的东西可怎么办。

好在很快阿丑就待在家里不怎么出门了，妈妈高兴的同时，又有些疑惑，因为阿丑看起来精神不太好。爸爸看了看阿丑，说："可能是怀宝宝了，今天开始给丑姑娘加餐吧。"李然看着阿丑，只觉得难以置信，阿丑才不过一岁呢，就要当妈妈了。妈妈则看了看阿丑，笑着说："之前我还一直担心阿丑嫁不出去呢，转眼间就要当妈妈了。"阿丑喵了一声，趴在窝里又睡着了。

随着时间的推移，阿丑的肚子越来越大，李然看着它，有些心疼。她抱着它去晒太阳，有一句没一句地和它说学校里的事。等到她低下头才发现，阿丑已经在她怀里睡着了。阿丑睡得很香，发出了咕噜咕噜的声音，李然看着它，又想到了那只蹲在垃圾桶里的小猫，不知不觉，已经长这么大了。它不再看到人类就吓得往后躲，现在甚至可以在人类身边睡着。要放下这种戒备，重新开始信任人类，需要多大的勇气啊。信任其实就是一种冒险，因为你托付出去的，很多时候都是自己的生命，甚至是比生命更为重要的东西。李然低头看着打呼噜的阿丑，为什么你就敢再次信任伤害过你的人类呢？

阿丑睁开眼，看了眼李然，扭了扭，之后又枕着李然的手进入了梦乡。阿丑的脑袋里装不下那么多复杂的东西，它也不明白为什么人类总是那么惧怕相信。如果只是担心风险，那么就永远看不到收益。付出一份信任，收获三分关爱，不是很好么。一个半月后，阿丑生下了四只小宝宝。小猫刚满月，邻居们就纷纷上门讨要，李然虽然不舍，还是将小猫一只只送出去了。这些可爱的小猫，一定也能给别的家庭带来欢乐吧。

幸福小贴士

　　猫是一种很聪明的动物，它们就像贴心的小棉袄一样，可以给你带来慰藉。如果你要养一只猫，请保证你会善待它。

　　1.在你决定领养一只小猫咪时，你首先要对猫这种动物有一定的了解，这样有助于你和你的爱宠迅速建立一种友好的联系。

　　2.有空闲的时候，多陪陪你的猫。在日常生活中，你或许孤独，但至少可以和朋友相互交流，但当你关上门离开时，你的猫就只剩自己了。你要时刻提醒自己，你拥有很多，而它只有你。

　　3.不要因为它脱毛或者呕吐将家里弄得一团糟而生气，在你喂养它之前，你应该有相应的心理准备。

　　4.天气好的时候，不妨带着你的猫串串门儿，如果附近有别的宠物，不如让宠物们一起玩耍，这样它和你都不会再孤独。

　　5.如果不得不离开你的猫，请为它找一个新的主人，不要随便将它遗弃在陌生的地方，不然它将很难再相信人类。

用心去疼爱自己的宠物

你拥有整个世界，而我只有你。

她老了，每天慢慢地穿过长长的街道去买菜，再慢慢走回来。她的子女看她走得辛苦，曾打算给她雇个保姆来照顾她的日常起居。她断然拒绝了，每天这样慢慢走过去也好，这样她便可以消磨掉不少时光。人生匆匆而过，当快要走到生命尽头时，她却忽然觉得日子变得难熬了，这也许是寂寞的缘故吧。她一个人住在这座城市，子女都在外地工作，平时相聚的时间很少。

做子女的大约也察觉到了，他们便提议，既然她不喜欢保姆，那不如养只小宠物，可以给她做个伴儿。她笑着拒绝了。子女都不解，不少老人都喜欢养个猫啊狗啊什么的，又不用费太多心思照顾，现在的宠物也通人性，为什么她执意不肯养呢。她只是笑着摇头，不说什么。

　　子女们离开后，她翻出以前的相册，其中一页是她出国留学时拍的。老式的公寓，她站着，旁边挂着一个鸟笼，里面有一只可爱的金丝雀。她还记得那只金丝雀叫"小乐"。彼时不过18岁的她独身一人在异国他乡读本科。她走在异国的街道上，黑发黑眼在一群金发碧眼中显得格外醒目。每天学习、打工，日子日复一日地单调着。离开时满怀的激情已不再，只剩下没日没夜的孤独与她相伴。而这一切不如意，她都只能藏在心里。不能对家人说，也找不到朋友倾诉，那段日子，她觉得自己快要憋死了。

　　偶然的一天，她路过一个宠物店，毛茸茸的小动物让人根本抵挡不了。她推门进去，看着那些可爱的小生命，忽然很想养一只宠物。可是，养什么好呢。她一个一个看过去，忽然，一阵悦耳的鸟叫声传来。她循声抬头，那是一只金丝雀，正在笼子里边跳边唱歌。听着它的叫声，她觉得精神一振，心情好了不少。她看着金丝雀的时候，小家伙也歪着头看着它，然后欢快地叫了两声。她看了下价格，比小猫小狗便宜很多，即便是她也负担得起。付完钱问了饲养注意事项后，她带着小金丝雀回到了公寓。因为金丝雀的到来，她觉得这个老旧的公寓都变得不那么可怕了。每天在金丝雀的歌声中醒来，以往单调乏味的生活不复存在。伴着轻快的歌声干家务，脚步也变得轻快起来。

　　因为这只金丝雀总是快乐地唱着歌，她便给它起名叫"小乐"。小乐是个很有礼貌很讲卫生的"小男生"。它从来不会乱叫乱飞，每天六点半，这只小小的鸟儿从睡梦中醒来，先蹦蹦跳跳活动活动筋骨，然后再清清嗓子用歌声将她唤醒。小乐吃东西时也秀气得像个大家闺秀，小口小口啄着米，时不时抹抹小嘴儿。它最喜欢做的就是洗澡，天热的时候一天要洗好几次。在家的时候，她会关好门窗，然后打开笼子让小乐自由地在屋子里飞来飞去。小乐时而歇在她的书桌上，时而蹲在花盆边。有时候它也会飞到她面前，欢快地叫几声后蹲在她的肩膀上。小乐很知道轻重，像是怕伤到她一般收好了爪子，然后温柔地帮她梳理头发。她笑着看着这个小小的绅士，心里充满了感动，为它这份毫无保留的信任。

时间过得很快，转眼间小乐已经陪了她一个月了，她看了看从宠物店带回来的鸟笼，觉得有些小。想了想，她还是决定为小乐再做一个大一些的笼子，这样它洗澡会方便很多。收集完材料后，她就开始动手了。她关好门窗，将小乐放出来，自己坐在地板上开始一点一点地拼。小乐跳到茶几上，好奇地看着她，她笑着扬了扬手中的小木棍："小乐，马上就可以住'豪宅'了哦。"小乐像是听懂了，兴奋地开始唱起歌来，唱了一会儿，又飞到她头上，开始温柔地给她梳头。

新笼子做好的时候，小乐先好奇地飞进去看了看，之后满意地叫了几声，飞到她肩头用头蹭了蹭，然后快乐地搬进了新家。因为"家"变大了，小乐洗澡的频率愈发高了，时时刻刻让自己保持清洁干净。因为小乐的到来，她的心情一直保持着舒畅，人际关系也比之前好了很多。

原本内向的她在学期末的时候已经有了好几个无话不谈的朋友。其中一个朋友和她一样，养了一只金丝雀。两人经常在一起探讨养鸟的心得。朋友到它的公寓看到小乐后吃了一惊，因为小乐完全不怕人。小乐很快就和客人玩熟了，她看着小乐，忽然想到，不知道它一个人在屋子里是怎么过的。不管是上课，还是打工，都消耗掉她不少时间。她的朋友和老师，总是让她不那么孤独。那么，它呢，它被留在家里，即便待在一个比较大的笼子里，会不会寂寞呢。

想着想着，她只觉得眼睛酸涩不已，小乐飞到她肩上，先是不解地叫了几声，然后用头蹭了蹭她，之后开始给她梳头。朋友看到这一幕差点笑出来："小乐不会把你当成鸟了吧。"她笑了笑，提议下次带着小乐去朋友家，和朋友家那只小金丝雀见上一面。"要是能成为朋友就好了。"她笑眯眯地对小乐说，小乐见她笑，也欢快地叫了一声。

见面的日子很快就到了，那天中午，她先招手让小乐歇在自己手上，然后拿出之前的那个小笼子，示意小乐进去。小乐有些不解，歪着头看了看她又看了看笼子，最后还是乖乖飞了进去。关好笼子后，她带着小乐出门了。走在街上，小乐显得很兴奋，它好奇地看着周遭的一切，欢快地唱起歌来。阳光晒在它嫩黄色的羽毛上，让它看上去更加可爱了。来到朋友家，她敲敲门，朋友忙来开门。小乐见到了熟人，忙兴奋地跟她打招呼，乐得朋友笑眯了眼。

朋友的金丝雀就挂在客厅里，她将小乐挂在那只小鸟旁边。小乐好奇地看着隔壁笼子里的同类，一脸茫然，她忽然意识到，以前没带小乐照过镜子，它可能还不知道自己的长相。小乐试探着叫了几句，朋友的鸟儿边看着它边往后躲，看上去像是受到了惊吓。小乐不解地望向她。她这时才深深体会到不懂鸟语的悲哀。小乐又看着自己的同类，叫了几句，那只鸟也跟着叫了起来，想来是听懂彼此的话了。她放下心来，坐下来看两只鸟谈天说地，虽然听不懂它们在说什么，但是看小乐的样子，好像很开心。

那天回家的时候，小乐有些恋恋不舍，冲着鸟笼中的小伙伴叫了一阵，然后跟着她回家了。回去的路上，小乐叫个不停，她看着比来时更加兴奋的小乐，笑着说："你也觉得珍妮不错吧，我们过一阵子再来找它玩。"珍妮是那只小母金丝雀的名字。小乐似乎听明白她在说什么了，愈发兴奋地唱起歌来。

之后的一个月，她经常带着小乐去找珍妮玩，两只小鸟混熟一些后，她和朋友将它们放在一个笼子里，看它们为对方梳毛，她和朋友乐得哈哈大笑。转眼间就到了暑假，有朋友邀她去旅游。出国的第一年，因为她太内向，根本就没什么朋友。第一个夏天，她都是在打工和无所事事中度过的。自从有了小乐后，她变得外向了很多，现在有人邀请她，她自然十分高兴，但是，小乐怎么办呢？虽然很想到处走走，但每次一想到家里还有一只宠物，她就觉得脱不开身，为此她已经婉拒了好几次别人的邀请了，这次，要不要拒绝呢？

　　了解到她的烦恼，珍妮的主人挺身而出，她的旅行计划在之后的一个月，现在可以帮她暂时照顾小乐。她听后也觉得可行，反正小乐和珍妮很熟，应该也不会觉得寂寞吧，她只是离开一周，马上就会回来的。这样想着，她收拾好行囊，将小乐带到珍妮家。小乐并不知道马上要和主人分开了，以为她是带着它来玩的，在笼子里又蹦又跳。看着小乐和珍妮玩得不亦乐乎，她也放心了，将小乐托付给朋友后就踏上了旅程。

　　虽然这已经是她来异国的第二年了，但是旅行还是头一次，她很快就沉醉在异国风情中。夜幕降临，临睡前她给朋友打了个电话询问小乐的情况，朋友告诉她小乐一直很兴奋，还将手机拿近鸟笼，果然，那边传来小乐唱歌的声音。她笑骂道："这个见色忘主的家伙，只怕已经把我忘记了。"朋友在电话那头也跟着笑。

　　第二天又是疯狂的一天，晚上打电话过去，朋友告诉她小乐一切正常。她微微有些失落，还以为小乐会想她呢，没想到根本没在意她的去留。不过，它毕竟只是一只小鸟，玩得开心就好了。第三天，第四天，快乐的日子总是过得飞快。这天，她正在拍路边的街景，忽然接到朋友的电话说小乐跑掉了。原来朋友给两只鸟换水的时候，小乐趁她不备，飞出笼子。因为她忘了关好门，小乐直接飞走了。电话那边，朋友的语气中带着浓浓的自责，她不忍再指责，安慰了几句就挂掉了电话。接下来的旅行，她再也继续不下去了。左思右想后，她买了回去的票。虽然不可能找到，她还是想试一试。

回到自己住的城市，她先去朋友家，朋友家只剩下她装小乐的空笼子，她看着那个笼子，觉得心都空了。失魂落魄地往自己住的公寓走，走到门口时，她呆住了，眼泪夺眶而出。她的家门上有斑斑血迹，门前，那只有着鹅黄色羽毛的小鸟身上沾满了灰，头上全是血。那是小乐。她颤抖着手捧起小鸟，它已经僵硬了。主人不在身边，它一定很不安吧，那天晚上，它也许并不是兴奋地歌唱，而是惶恐不安地询问："你在哪里，你不要我了吗？"可是，她听不懂。它飞了多久才找到家的，她不知道，它一遍·遍撞门，是希望可以看到她吧，可是，那个时候，她在哪里呢？

她拥有很多，而它只有她。失去它，她也许只是失去了某些乐趣，很快，这些乐趣会被新的人和事所取代，但是对于它来说，失去她，它的整个世界都崩溃了。她没有以后不再辜负这些小生命的信心，所以从那时起，她再也不肯养宠物了。

小乐不知道，她私下曾经和朋友商量过，等她旅行结束后，她们会尽量撮合它和珍妮。小乐永远不知道，她曾经多么期待，期待它和珍妮可以生出很多可爱的小宝宝，这样她以后不在家，它也不会感到孤独了。小乐也不知道，在她心里，它不仅仅是一只宠物，而是她在异乡最重要的家人。这些，撞死在她家门口的小乐，都不知道。

她将小乐的家拆掉了，然后将那个笼子和它一起埋葬，希望它来生不必受牢笼限制，飞得自由，飞得快乐。

幸福小贴士

　　小乐虽然是一只鸟，但是它也有情感。对于人类来说，它只是一只鸟，但是对于小乐来说，人类并不只是主人那么简单。珍惜与你相遇的所有生命吧，它们虽然小，但是五脏俱全，情感饱满。

　　1.每一个生命都是值得珍惜的。生命本身就是奇迹，相较于地球的历史，人类诞生的时间相当短暂，然而，在这短暂的演变过程中人类学会了珍惜爱和感受爱，这是一件很了不起的事。希望你能够珍惜和每一只动物的相遇，因为对你和它而言，这都是绝无仅有的缘分。

　　2.用心去疼爱自己的宠物吧，不管它是美是丑，是乖顺还是捣蛋，你要相信，不管怎样，它始终用一颗赤诚之心爱着你，陪伴着你，也许它爱你的方式很笨拙，但是喜欢你的那颗心，却比这世上的一切事物都纯粹。

人类最重要的朋友——狗狗

　　忠诚、仗义、尊重他人，这些都是人类应该具备的好品质，然而，不知为何，这些可贵的品质在人身上越来越少见了，反而在一些动物身上，这些可贵的品质被阐释得淋漓尽致。接下来我要讲的是三只小狗的故事，这不仅是狗的故事，更是人的故事。

忠犬八公

　　八公是一条有名的狗狗，提到它，人们往往会想到忠诚。八公虽然已经死了很多年了，可是人们提到它时，还是会感慨不已。它活在一代又一代东京人心中。八公的主人名叫上野秀三郎。上野先生是一位大学教授，1924年，因为要前往东京大学任教，他带着八公来到了东京。

　　来到东京后，每天早上八公都会送上野先生出门，傍晚的时候则会去涉谷车站接他回家。这样的幸福生活并没有持续很久。1925年的一天，八公像往常一样去接上野先生，可是它左等右等，就是没能等回自己的主人。原来上野先生在大学里忽然中风，大家将他送到医院，可是因为抢救无效，上野先生永远地离开了人世，再也不会回来了。而这一切，八公根本不知道，当晚它失望而归，第二天，它又去了车站等主人。很显然，它又要失望了。

　　上野先生过世后，他的朋友小林菊三郎收养了八公，可是八公并不认这个新主人，它不断地从小林家逃出来，回到上野先生原来住的地方，希望可以看到上野先生。当然，它不可能再看到主人了。一次又一次失望之后，八公仍旧不知道主人已经不在了，它以为上野先生搬家了，只好再次跑到涩谷火车站去找自己的主人，这一找，就是十年。八公的事迹被报道之后，感动了很多人。1934年日本民众为八公在涉谷车站立了一座雕像用来歌颂它的这份忠诚。隔年的春天，八公死在了泽酒店北侧路地入口。在短短的一生里，它用几乎全部的时间来寻找和思念自己的主人。八公死后，人们将它埋在青山灵园，那里，也是它的主人长眠的地方，这一次，它终于可以找到自己的主人了。

　　八公虽然走了，但是它那份感天动地的真诚，仍然值得我们学习。

义犬赛虎

赛虎是一条狼狗。它第一次遇见主人的时候是在一个冬天的早上。那天，它路过一户人家，那家的男主人正好开门。因为实在冷得受不了，它直接跑进那个人的屋子里。进去后它紧张地看着男主人，很怕他像其他人那样把它赶出去或者打它。谁知男主人只是看了看它，并没有说什么。

之后赛虎就在这个家里待了下来。主人夫妻都是普通的工人，心地很善良。他们帮它洗了澡，给它食物，还给它取了名字。赛虎是条很乖的狗，它性格温和，才来几天，就和主人的小孙子混熟了。它每天跟着小主人进进出出，和他一起玩耍，也守护着他。一天小主人独自在外面玩耍时掉进一个枯井里。它在上面急得团团转，就是救不了自己的主人，后来它跑回家，拼命咬着男主人的裤腿将他拽到井边，小主人因此得救。因为这件事，主人一家更加喜欢赛虎了，隔三岔五还会让它打下牙祭。

转眼间赛虎已经三岁了。这三年来，它和周围的人都相处得很好，而且它还生下了四只可爱的狗宝宝。这天中午，主人家附近的工地上，一群工人聚在一起吃狗肉。狗肉是食堂的师傅买的，为了给工人们开荤。很快，一大锅狗肉煮好了。赛虎嗅了嗅，开始变得焦躁不安。它冲着工人们叫了几声，这儿的工人都认识它，以为它想吃，就给它丢了几块。赛虎也不吃，用爪子将肉扒到一边。这时小狗崽闻到香味，都跑了过来，向来温和的赛虎一反常态，将小狗都叼走了。小狗们委屈地流泪往回跑。这时工人们准备大快朵颐了。

赛虎像下定决心一般，它先跑到三只小狗那儿，舔了舔它们，边舔边流泪。然后它跑回去将工人扔过来的肉一口气吃完了。工人们看了直笑它护食。就在这时，忽然见赛虎口吐白沫，四肢抽搐，竟然死了！大家都惊呆了。后来经过检查，原来厨房的师傅买的那只死狗是有毒的，赛虎为了不让他们中毒，以死相劝。赛虎的主人得知消息后，只觉得肝肠寸断。

赛虎的事迹很快传开了，为了向这位勇士致敬，人们将它埋在墓园，还在墓园为它塑了一座像。每年清明节，都有数不清的市民来凭吊这只义犬。人们在怀念这这只英雄之犬。

"弃犬"老黑

老黑退役前是部队里最优秀的警犬，它退役时还很年轻，远远没有达到警犬退役的年龄，可是它已经没有办法再继续工作了，部队只好忍痛让它退下来。部队的训导员至今还记得那天的事。

那天，老黑要接受一个常规的测试，它要从训导员扮演的一群人中，找到那个有嫌疑的人。这个对老黑来说很简单，它从来没有失过手。和往常一样，老黑挨个嗅了嗅，之后又仔细观察了一下，然后咬住其中一个人的裤腿，冲训导员汪汪叫了两声。出乎老黑意料的是，训导员说它找错了，让它再去找。老黑显然有些不解，但它还是乖乖开始重新找了起来。不一会儿，它又咬住了先前那个人的裤腿，它判断之后，还是觉得他最有嫌疑。

　　然而训导员还是摇头："不是，老黑，你找错了，再仔细找找。"说着又重复了一遍嫌疑人的特征。老黑只好又重新去找，它并没有注意到训导员的窃笑。一遍又一遍，老黑咬住那个嫌疑人，一遍又一遍被否定，这时老黑已经有些慌乱了。在它成为警犬以来，这是从来没有发生过的事。另一边，训导员还是催促："老黑，快点，找出那个嫌疑人。"老黑只觉得自己头昏脑涨，它像没头苍蝇一样在"嫌疑人"中间乱窜，最后随便咬住了其中一个人的裤腿，然后眼巴巴地看着训导员。

　　这时，在场的人忽然开始爆笑，训导员指着老黑最初咬住的那个人说："老黑，你为什么不坚持自己的判断呢，其实就是这个人啦。"老黑看着笑得前俯后仰的众人，眼中忽然涌出了泪水，那是屈辱的眼泪。它松开咬着的裤腿，哀叫着朝营地走去。训导员见它这样，也有些慌了，他在后面喊："老黑你怎么了，我们和你开玩笑呢，老黑，老黑，快回来。"

　　深受打击的老黑再也没有办法工作了，因为它分辨不出人类什么时候是在开玩笑，什么时候是认真的。最后，它退役了，离开了自己最爱的部队。在这个世上，人与人，人与动物都是平等的。如果你无视动物的尊严，试图凌驾在它们头上，那么你失去的，将不仅仅是它们的信任。

　　不管是八公还是老黑，它们都是人类最重要的朋友，我们在为它们的事迹所感动的时候，也该牢记，它们不是宠物，它们也是一条条鲜活的生命。它们有自己的尊严，这种尊严不允许践踏，尊重它们，尊重万物，是我们生活在地球上所应遵守的基本道德规范之一。

幸福小贴士

　　狗狗是人类的好朋友，人类要和这些可爱的小动物和平相处。那我们究竟该怎样做呢。曾经轰动一时并且感动不少人的"我和狗狗的十个约定"可以算得上其中最中肯最动人的建议了。

　　1.请耐心地和我交流，让我明白你的需要。

　　2.请相信我，这样我就会觉得很幸福了。

　　3.请不要忘记我也是有心的。

　　4.我不听话是有原因的。

　　5.请和我聊天，即使我不懂得人类的语言但我也认得你的声音。

　　6.不要打我，我有利齿，只是我不想伤害你而已。

　　7.就算我老了，也不要不理我。

　　8.你有学校，有朋友，但是我只有你而已。

　　9.我只能活十年左右的时间，所以请尽可能地和我在一起。

　　10.我即将死去的时候也请留在我身边，而且不要忘记我一直都爱着你。

　　宠物是伙伴，更是责任，当它认你为主时，你要学着对这世上最相信你的生物负责，现在，和它做出一些约定，并好好遵守下去吧，我想它会因此得到幸福的，你也是。

思乡

她年近六十，到这儿也有四十多年了。在旁人看来，她不过是个随处可见的乡下老太太，不识字，面朝黄土背朝天一辈子，现在和老伴在家做留守老人，帮外出打工的女儿带孩子。两个女儿都有出息，在大城市里工作，都很孝敬她。她不缺衣少食，守着两亩薄田安度晚年，遇上村里谁家农活忙不过来她还会去帮忙。总而言之，一眼看上去她同左邻右舍的老太太没有任何差别，可是她一说话，这种差别当即立竿见影地显现出来了。她那乡音迥异于此地的方言，只要她一开口，外乡人的身份便立即彰显了出来。

落雨时节，她的腿总是没日没夜地疼，那是年轻时落下的病根，这种从骨髓不断往外涌的痛楚不断让她想起那些年的苦难。对于现在这个村子的一切，她都无比熟悉。她至今还记得，当年未修水泥路时，那路边有一棵茂盛的柳树，狂风刮过，长长的柳树枝直朝天空侵去。然后，在某一年，天降大雨，雷电击中了这棵柳树，她难以想象当时这棵树所受到的焚身之痛，只知道雨过天晴之后，这棵树只剩下了一层树皮。之后的岁月里，她看着柳树的伤口开始长出新芽，然后重新枝繁叶茂。十年前还是八年前，这棵树终于死了，它的躯干早已被蚂蚁腐蚀一空，一天又一天，这棵树终于重归泥土，她疑心根本没人注意到这棵树的死亡，它曾飞扬在清风间，饮过最甘甜的春雨，看过最美丽的日出和最绚烂的日落，也挨过最严酷的雷击，忍受过日日夜夜的蚀骨之痛，然而这些，谁在乎呢，它只是一棵树，一棵长在路边的野树。不知怎的，她时不时地便会想到这棵多灾多难的树，它干枯的枝干有时会拜访她的梦。梦中的她走得精疲力竭，她环顾四周，没有熟悉的崇山峻岭，梦中的土地平坦得不可思议，然后她看到了那棵树，它生机勃勃，亭亭玉立，站在灰扑扑的路边，然后，她看到那棵树飞快地落叶，枯竭，化成尘埃。她惊醒了，茫然地看向天花板，天还未亮。她知道自己为什么老是梦到这棵树，那是她流亡之路的终点。

那些日子她已经不愿意再去回想，只要一想就觉得惶恐。没日没夜地走，脚底都磨破了，饥寒交迫，没有方向，她只知道沿着长江走，渐渐地，熟悉的崇山峻岭不见了，大片大片的田野出现，她终于没了力气，倒在路边的大柳树旁。她留在了这里，最后嫁给了收留她的那家的单身汉，从此故乡是异乡。

下雨天，她和一群妇女一起去帮别人剥棉花，那家的小儿子同她的两个孙子自小一块长大，每年开学，那家的父亲总会帮她的两个孙子捎行李，在别人看来不过是举手之劳，但她心里一直感激，但凡有空，也会帮他们做点事。一群女人在一起，难免聊些家长里短。说到家里的年轻人，莫不是惯着哄着，尤其是嫁过来的媳妇，万不能给脸色看，哪像老一辈，一辈子在公公婆婆的管教下战战兢兢地活。她在一旁跟着笑，想到了自己那早已故去的严厉婆婆，即便是现在想来，婆婆那冷酷的眼神还是让她觉得害怕。那家人愿意收留她，不过是为了替自己单身的儿子讨个不要钱的媳妇，而她又有什么办法呢？俗话说得好，嫁鸡随鸡嫁狗随狗，她实在是没有气力再走下去了，虽然早已预见到自己未来的人生将一片黑暗，她也别无选择。

开始的时候她经常想家，想那隐在山林里的高宅深院和山脚下的那个小茅屋，那里有她的亲人，那是她的故乡。

出嫁后，她过得并不好，上有严厉的婆婆，丈夫的脾气也不好，她那时年轻，不习惯忍让，因此日常生活中往往是三天一小吵两天一大吵，接下来便是丈夫的拳打脚踢。婆婆向来是不会劝解的，更多的时候，是火上浇油。实在受不了的时候，她也想过要逃，可是能逃到哪里去呢，最开始总是会被别人告发，捉回去之后又是一顿毒打，之后有了孩子，渐渐也就断了逃跑的念头。

而她人生中最好的时光，也结束了。

常年的精神压迫使她变得胆小，对丈夫也愈发顺从。花有重开日，人无少年时，已经被各种苦难折磨到麻木的她，只能认命，不认不行，她已经老了，没有了抗争的气力。

在她终于放弃抵抗的时候，家乡来信了，写信的是她同父异母的二哥。她不识字，却看得出哥哥的字写得很好，一笔一画，整齐大气。这封来自遥远故乡的信在村里引起了轰动，即便是当时村里最有学问的老教师，也赞那字。德高望重的老先生一字一句地给她念那封信，信中是家乡亲人的近况。她的母亲早已过世，哥哥们将她母亲葬在了青山碧水之间。大哥后来去了长沙，在那边成家立业。二哥现在在家乡教书，她有了几个侄子、侄女，大家都过得好，让她放心。老先生一边念，她一边哭，满屋子围观的人也跟着哭。这么多年，这么多年了，她终于敢在人前放声大哭，哭出一切委屈，哭出对故乡、对亲人的无尽思念。

之后，在女儿的陪伴下，她终于踏上了回家的路，平原越来越远，梦中的山脉一座又一座出现在车窗外。多少人事都变了，只有这山这水，仿佛还如她离开时一般，它们守在原地，等待远走他乡的女儿回家。她见到了二哥，哥哥的样子发生了很大的变化，可能是近乡情怯，她一下子不知道说什么才好，倒是女儿机灵，同素未谋面的舅舅、表哥打招呼。她坐下来，细细看着哥哥，不知不觉又流下了泪，兄妹俩哭了一场。吃过饭后，她又在侄子的陪伴下去了母亲的坟前，山雨袭来，渐渐打湿了她的衣裳，她呆呆地看着母亲的坟，怎么也不肯走。她跪在母亲坟前，絮絮叨叨说自己离乡后的经历，说自己遇到了一户好人家，衣食无忧，家里的婆婆待她如同亲生女儿，丈夫性格和顺，她过得很好，没受过什么气，没吃过什么苦……她说了很多很多，力图叫地下的母亲安心。

之后的几年，她断断续续又回去了几次，也去了长沙，见了已经退休的大哥。大哥的儿子很争气，现在自己办厂，那侄子把她接到家里，拉着她的手直哭，说这么多年家里人都挂念着她。她的消息也是家里人四处打听得来的，她看着这些亲人，满心欢喜，她原以为自己这辈子都没法再见到家人了。能在死前见到这些亲人，知道他们都过得好，对她而言，已经是莫大的幸福了。

家乡固然好，她最终还是要回来这里，这里有她的家，有她的孩子和孙子。这片平原虽然承载了她的苦痛，也放置着她的牵挂和幸福。没有多少人知道她曾有过显赫的家世和苦难的人生，对小一辈而言，她只是一个和善的心地善良的老太太。她很知足。

前两年，这边嫁来了一个外地媳妇，那姑娘的娘家正是她的老家，时不时地，她会到那家人家坐坐，听那年轻的充满活力的生命吐出一串串家乡话，那是她久违的乡音，她的女儿孙儿，说的都是这边的方言，唯有她，始终保持着自己的乡音。这是她唯一保留的与故乡有关的东西了。听到那女孩儿说出的家乡话，她就觉得自己好像又回到了家乡，回到了母亲身边。

幸福小贴士

也许我们每天遇到的拾荒老人曾经战功赫赫，也许我们每天看到的卖菜老伯曾经家财万贯……我们遇到的这些老人背后，也许也有着非同寻常的人生故事，而我们自己的人生，也可能会面临风起云涌，遭遇惊涛骇浪，因为不知道将会有何种变故在等待着我们，我们也就无从防备，不如既来之则安之。如今我们能做的，便是珍惜每一刻，善待每一个人。

善待我们所遇到的每一位老人吧，因为他们为我们今日的生活做出过奉献和牺牲。每个人都会老，善待老人，就是善待未来的自己。

帮我记住他

接到她过世消息的时候，她正在看电影，是日本新秀动画导演新海诚的处女作《星之声》，明丽的色彩布满整个电脑屏幕，这时母亲走了进来，说乡下的奶奶来电话了，说是老家的七婆死了，让他们回去奔丧。她目光一凝，有些惊讶，但是想想也在情理之中，他们离开家乡的时候，七婆就已经很老了。他们在城里住了很多年了，同家乡的族人也渐渐断了联系，不过一旦有老一辈的人过世，族人们不管在哪里都会回去一次，算是对这些老人尽最后一点心意。

一路车马劳顿，他们一家终于又回到了那个小村庄。知道他们今天回来，奶奶一大早便在村口等着了，看到他们也是满心欢喜，边帮着拿行李边一起往回走。母亲问七婆的情况，奶奶说她走的时候是夜里，她没儿没女，也没人知道，第二天有人给她送东西才知道。奶奶絮絮叨叨地说着，末了又长叹一声："她傻啊，傻了一辈子。"父亲和母亲都没有接话，奶奶又笑，扭头对她和哥哥说："待会儿你们好好给她磕几个响头，不枉她疼了你们一场。"她忙答应了。

到了灵堂，七婆被放在棺材里，神态安详，只是头发已经全白了，她记得过年的时候回老家，曾经给她送过礼物，那时她还没有这么老，只是牙齿已经开始掉了，她拉着她的手说："小樱啊，在外面好好干，以后孝敬你爸妈。"她记得自己当时对七婆说，等有空闲的时候就带她去天安门看看，七婆笑得眯了眼，连声说好。现在，她有时间了，却再也没有实现诺言的机会了。

七婆没有孩子，丧事是由几个侄子在张罗，倒也热闹。帮忙的人很多，她无事可做，便坐在七婆家院子里的葡萄架下发呆。几个同村的老太太也来了，送这老姐妹最后一场，她们看着棺材里的她，哭着摇头："阿雪苦了一辈子，现在走了也好。"阿雪是七婆的闺名。她看着这个陌生又熟悉的院子，慢慢想起了从前。那时她家就在隔壁，淘气的她总是喜欢跑到七婆这边来玩，七婆的院子总是收拾得干干净净，里面种着不少花，夏天一到，花儿们争奇斗艳，十分好看，且不说鲜花，单是院子里那颗葡萄架下的紫红大葡萄，就足以吸引她每日流连忘返。对于小时候的

她而言，这个院子简直就像童话世界一般美好。更何况，那时的
七婆还那样美，就像故事书里的王后一样好看。现在想来，那时
七婆已经年近六十了，却还是很美，人又亲切，十分讨小孩子喜
欢。而这样美丽的七婆，却终身未嫁。

关于七婆的事，稍微大一些后她曾经听母亲私底下说过，是
一个老套又凄惨的爱情故事。七婆年轻的时候有过一个爱人，那
时她不过十七岁，正是花样年华，他们是整个村子都十分看好的
一对。战争爆发，他上了战场，之后便音信全无了。他离开前曾
经和她约好，战争结束后便成婚，可惜她始终没有等到他回来。
战争结束后，和他一起离乡的不少人都回来了，当然也有永远留
在战场上的，那些人的骨灰也由战友们带回了家乡，只是没有他
的，生不见人死不见尸。她坚信他还活着，拒绝了一波又一波上
门求亲的人，母亲的眼泪，父亲的责骂，兄长的劝导，都没能动
摇她的决心。因为得不到家人的谅解，她搬出家，住到现在这个
地方。头几年，上门求亲的人还是源源不断，毕竟她是本村出了
名的漂亮姑娘，人也能干，可是她铁了心一般死等着他。后来，
昔日的姐妹都纷纷上门劝她，说她年轻，何苦要为难自己，他若
活着，如今仗都打完了，早该回来了，他若已经不在了，她便更
没有等下去的必要了。她只是倔强地摇头。那时喜欢她的人很
多，其中还有他的战友也曾上门，说要代他照顾她一辈子。她只
是低垂着眼，自顾自走开。最后，连他的母亲也上了门，说自己
的儿子何德何能，不值得一个姑娘为他这样。她静静看着那个满

脸憔悴的老妇人，原本她该成为她的婆婆的，良久才说："这是我和他之间的约定，我不能违背自己的誓言。"时间一长，也就没有什么人再上门了。

七婆一直是一个人住，可是吃饭时她总习惯多摆一副碗筷，她在等他从战场上回来与她白头偕老。他的父母、亲人已经接受了他不会再回来的事实，没有他，他们生活得也挺好，可她做不到，等待让她变得不那么绝望。她有时候也会对这个经常来给她做伴的小女孩儿讲她的恋人，那是一个俊俏的男子，眼睛大大的，睫毛很长，"那个时候，大家都笑他，说这么长的睫毛，应该长在女孩子脸上才好，长在他身上真是浪费了。"她笑着说，脸上浮现出两个美丽的酒窝。说到他的时候，这个终身未婚的老人，脸上总是挂着甜蜜的笑容，说得高兴的时候，她面上甚至会涌上淡淡的红晕，这让她看上去就像一个恋爱中的少女一般。"那个时候，他离开的时候不过十七岁。临走前他拉着我的手说他会回来，他答应过我的。"她双手紧紧握在一起，直直看着门前的路，眼中闪烁着奇异的光芒，仿佛下一秒那日思夜想的身影就会出现在眼前。

她看着陷入回忆中的七婆，想象着那位从未见过的阿公的样子，觉得他们年轻的时候一定是一对令人瞩目的漂亮恋人。七婆没有结婚，也没有子女，时光夺走了她的父亲后，又带走了她的母亲，虽然还有兄长在，但是嫂嫂们对这个怪异的小姑颇有微词，因此日常这些至亲之人也很少来她的小茅屋。她越来越孤独，长期的孤苦让她变得极度瘦削。她的母亲常常很担心这位老太太的身体，经常让她和哥哥来帮七婆做些事，有时候也会将自家做的一些小吃拿给七婆，只是后来七婆的牙齿开始脱落，很多好吃的东西她都咬不动了，她曾经对七婆说会攒钱帮她去镶牙，七婆听了笑眯了眼。谁知钱还没攒够，他们一家就搬到了城里。城里的一切都让她感到新奇，她急迫地想融入新环境，不知不觉就将孤苦的七婆抛在了脑后。

直到过年回乡，她才想起老家还有一个很疼爱她的老太太。七婆看上去比她离开时老了很多，虽说是冬天，气温却不算很低，七婆却早早将自己裹得严严实实，她坐在屋子里烧火，边从火堆里帮回乡的小女孩儿掏出一个烤好的红薯边说："这些年我总是感觉一年比一年冷了。即使是在夏天睡觉的时候也要穿上厚棉袜才不会被冷醒。我记得我年轻的时候没这么冷的。冬天下雪的时候，我们一起去树林里玩，我将手放在他的手心里，觉得很温暖。他有时候会故意去撞树，树上的雪簌簌飘落，那场景真是美极了。我和他从小一起长大，他在我身边的时候，我从来没有觉得冬天很冷，可是他走后，冬天就一年比一年冷了。"那个时候，根本听不出七婆话语中深深的悲伤。

她看着七婆的白发，忽然想到了《星之声》中的美加子。美加子和阿升也是一对年轻的恋人，阿升每日正常地上学放学，美加子却不得不穿上太空服远离地球去战斗，她必须保护自己的家园。除了她，还有其他一些男孩儿女孩儿，他们同样年轻，之所以选择他们，也是因为当她们从太空回来时，还不会太老。美加子和阿升开始了世界上最遥远的异地恋，他们无法通话，却可以发短信。但是由于距离的原因，往往一条短信的往返时间便要跨越数年。阿升在漫长的等待中渐渐觉得疲惫，他几乎无法再坚持下去了。就在这时，他收到了美加子的短信，那是八年前十五岁的美加子发来的："给二十四岁的升，我是十五岁的美加子，我还是爱着你。"不知道阿升会不会因此而继续等下去，他不知道的是，发短信的美加子，已经牺牲在遥远的太空中了，他的等待，不会再有任何回应。他们是被地球和宇宙拆散的第一代恋人。拆散一对恋人的因素多到数之不尽，时间、金钱、外界的压力、内心的崩坏、死亡，还有光年。

她还记得有一年，那时她已经快成年了，回老家的时候还是会时不时去七婆那里坐坐，七婆拿出小点心招待她，仍旧会拿出一个清洁的盘子，放上一两块糕点放在桌上，她知道，七婆是为他留的。七婆再次说起那个半个世纪没有见面的恋人，说起他的长睫毛，大眼睛，永远温暖的手。末了，她微笑着问："我已经老了，你说，我们再见的时候，他能不能认出我？"她看着七婆布满皱纹的脸，忽然觉得很难受，那天离开的时候，七婆拜托她帮忙记住他，他的父母早已过世，他离开时弟妹都小，对这个哥哥的印象不深，七婆走后，只怕就没人能记得他了。她答应了，她会记得，他有一双漂亮的眼睛，他的手一直很温暖，他和七婆，是一对令人羡慕的爱侣。

　　七婆下葬的那天，他家里的人也来了，人们最终将七婆葬在了他的衣冠冢旁边，现在，再没有什么能将他们分开了。

幸福小贴士

　　总要有人记得他，记得风华正茂的他，还有痴等一生的她。他们不过是一对平凡的恋人，一个为了国家的幸福做出了牺牲，另一个用所有的岁月诠释了爱情。

用真心·换取真诚的友谊

在很久很久以前，有一个国王，有一年，他的国家发生动乱。叛军冲进了皇宫，国王仓皇外逃，最后他在一片森林里迷了路。又饿又累的国王绝望极了，如果失去他的国家，他将一无所有。不过现在说这些也没用了，也许他很快就会死在森林里，那他也没有机会再去纠结亡国的问题了。

天色渐晚，国王终于因为体力不支而倒在地上，当他再次醒来的时候，眼前站着一个满脸胡须的高大男人。男人见他醒了，递给他一些面包。虽然面包很粗糙，但是国王已经很饿了，所以也顾不得许多，拿过来便狼吞虎咽地吃掉了。吃完之后，国王非常优雅地对男人表达了感谢。男人只是点点头，让他继续休息，之后就带着枪出门了。原来他是住在森林里的猎人。猎人甚至没有问他是从哪里来的，也没问他的身份。国王却觉得，对方一定知道他的身份，因为他的穿着表明他非富即贵。那个男人一定是想从他这里得到报酬才救他的。

不过，没关系，如果他能够顺利出去，夺回王位，自然少不了他的好处。虽然他也可能失败，但是对于猎人来说，收益还是大于付出的，这值得他冒险。国王开始仔细打量眼前的房子，发现很简陋。国王在屋子里转了一圈，居然一本书都没找到，这真是不可思议。就在他对眼前的一切啧啧称奇的时候，猎人回来了。他扛着一头鹿，见国王起来了，没有说什么，直接扛着鹿去外面收拾。国王好奇地看他收拾，不一会儿就因为太过血腥而退了回来。这个时候他全然没有意识到自己发动战争时，邻国的民众也是这样被他的铁骑屠宰的。

很快，猎人带着烤好的香喷喷的鹿肉进来了。两人相对而食，不知是不是因为久居森林的缘故，猎人的话很少，而且说话也磕磕巴巴的，说出口的都是些乡村俚语。国王兴致勃勃地听着，时不时要求他多说一点。猎人有些不解，但还是慢慢地说着森林里的故事，什么他今天出去，两里地外的黑熊已经生了小熊了。提到熊，他忽然又说："你在家要关好门窗，因为有时候它们会到这里找吃的。"一听这话，国王的脸都吓白了，猎人倒是很淡定，就像他刚才说的并不是一件可怕的事，而是在谈论今天的天气一般。

又过了几日，国王要求猎人带他去外面走走，无论待多久，猎人屋子里那些奇怪的味道都散不去，他实在有些受不了。猎人有些为难，因为眼前这个年轻人看上去实在不像是能打猎的人，如果带着他，说不定会吓跑猎物。但是看着国王充满期待的脸，他还是答应了。两人一前一后朝着森林里走去。果然，因为国王使得猎人的猎物好几次都逃走了。国王有些过意不去，猎人倒是没说什么，最后，他们猎中了两只野兔，避免了空手而归。就这样又住了几天，一天猎人扛着狼皮之类的东西准备去赶集，用猎物换一些生活用品。国王想了想，连忙跟上了，现在他穿的是猎人的衣服，而且胡子和头发都有些长了，即便是叛军，也不可能认出他来。他正好可以借着这个机会去探探风声。

都准备好后，国王和猎人出发了。这么久以来，国王在猎人那里过的是衣来伸手饭来张口的生活，他一直以为猎人知道他的身份，因此对他格外放任。事实上，猎人之所以不让他做家务是因为一来他是客人，没理由让客人在家干活，二来自己救回来的这个人，明显也做不了什么。

到了集市猎人先去卖东西，国王则东逛西逛，拉人聊天。没多久，他就探听出自己想要的消息，原来叛军早已经被镇压了，现在是王后在王都坐镇，大臣们正在四处找他。听到这个消息，国王差点没欢呼起来。为了不引人注意，他迅速收敛了脸上的喜色，去人群中寻找猎人。猎人已经卖完猎物了，正准备去买生活物品，见他过来便和他一同前去。虽然身边的年轻人并没有说什么，但是他眉目之间的喜色还是泄露了他此刻的心情。

猎人有些不解，但也没问什么，客人高兴就好。那天回到小木屋后，国王对猎人说："我们去王都吧。"猎人放下手中的活："为什么要去王都？"国王心里暗笑，你还装什么啊。但他并没有说出来，只是说："我的家人在王都，我出来这么久，他们一定很着急了，我想回家看看。"猎人听了，低下头，似乎想说什么，但是嘴唇动了动，最终叹息一般地说："那好吧，我会送你出去的。"国王见猎人有些失落，便安慰道："没有关系，你和我一块去，我家人很好相处的，你可以和我们住在一起。"

猎人听了这话，似乎又变得高兴了。国王在心里暗想，这真是一个贪婪的家伙，我还没公布身份，他就已经在盘算捞好处了。不过，看在他救过我一命的分上，他要求这些也并不过分。

之后，在猎人的陪同下，国王顺利进入了王都。他并没有急着回王宫，而是先找了个旅店住了下来。他现在的样了，即便出现在大家面前，也没人能认出他是国王，所以他要先收拾收拾。在旅店，国王畅快地洗了个澡，自从住进了猎人的小木屋，他已经很久没有泡过这么舒服的澡了。之后，他刮掉胡子，剪短头发并将它们梳得整整齐齐。镜子里出现了那个熟悉的自己。换上已经洗干净的王袍，国王满意地点了点头。

之后，他脱下王袍，换上平民的服饰，然后去找住在隔壁的猎人。当然，住店的钱和买衣服的钱，都是猎人出的。不过他并不在意，很快，他就能赏猎人很多很多钱了。他进去的时候，猎人正在发呆。国王问他为什么不去洗澡。猎人支吾着说他并不会用。国王哭笑不得，他都忘了，猎人常年住在森林里面，即便是出来，也只是赶赶集，当天出来当天回去，从来没有在旅店住宿的经历。国王耐心地帮猎人放好水后，将猎人推进了浴室，之后又帮猎人剪好头发。再看眼前的猎人时，他觉得有些陌生，但是顺眼了很多。

准备好一切之后，他们再次出发了，这一次的目的地是王宫。认出他的守卫很快将他和猎人迎进王宫。国王回来了的消息像长了翅膀一般很快传遍了整个王都。王宫里所有人都喜气洋洋，猎人就像是惊呆了一般，吃惊地看着他，久久不说话。重新换了衣服的国王解答完大臣们的疑问后，问猎人想要什么作为酬劳。猎人呆呆地说："我希望可以做你的朋友。"

国王听了勃然大怒，他觉得猎人简直不知好歹，这个时候，只要说想要荣华富贵就好啦，说什么要做朋友，谁有工夫去玩这种小孩子玩的把戏。不过，他好歹救过自己，不妨陪他玩一玩。国王想了想，说："那好吧。我可以做你的朋友。"猎人听了很高兴。他跟着国王在王宫里住了下来。

猎人住下来的第二天，国王在宫廷举办了盛大的宴会。在国王的要求下，猎人也出席了。他的出现吸引了很多人的目光。有些人为了让他出丑，特意让女士去邀请他跳舞。猎人笨拙地拉着对方，觉得手和脚都不是自己的了。好在邀请他的那个人并不介意，在她的耐心指导下，他终于迈开了步子。那天过后，那位美丽的贵妇人经常去找猎人，猎人嘴很笨，听她说那些精彩的故事，才知道外面的世界原来这么大，这个世上，除了打猎，还有很多别的有趣的事。他很羡慕这位能说会道的女性，也将她当作自己的知心朋友。然而，宫廷里面开始传出不好的流言。当猎人知道这位美丽的女士是国王的情人时，他吓了一跳。

之后，贵妇人再去找猎人时，猎人开始避而不见，贵妇人长叹了一口气之后，再也没有出现。贵妇人离开后，猎人又重新变得寂寞了。他很想和国王聊聊天，但是国王永远都有数不尽的事情要做，他只好待在自己的住处。随着时间一天天过去，猎人发现他开始想念森林了。这一天，一位大臣来访。

这位大臣说，他有一件事需要拜托猎人，只要办成这件事，猎人想要多少金子都可以。原来，他希望自己的儿子可以被任命为将军，希望猎人可以去对国王说说看，毕竟他们是好朋友。如果是猎人说的话，国王说不定会考虑。猎人将头摇得如同拨浪鼓一般："这是关系到国家社稷的大事，我什么都不懂，怎么能乱出主意呢？"大臣笑了笑，像是理解他一般往外掏金子，一副你知我知的模样。猎人看了一头雾水。之后，大臣将金子塞到他手中："有什么关系，我儿子本来就很优秀啊，而且也不是让你去左右国王的想法，只是随口一提嘛。"猎人仍旧不肯，最后，大臣愤愤地拿回金子，一边大骂他不识好歹一边走了出去。

猎人觉得烦极了，以前一个人住在森林的时候，从来不用为这些事烦恼。可是，他又有点舍不得这里，森林虽然好，但是只有他一个人，这里虽然不好，却有他的朋友。这天，久未露面的国王忽然出现在猎人面前，邀请他一起去打猎。猎人很高兴，不管是跳舞还是聊天，他都不擅长，他一直觉得自己很没用，不能为自己的朋友做点什么，但是现在好了，他别的不行，但是打猎可是好手，能够陪自己的朋友打猎真是太好了。

猎人和国王兴致勃勃地出发了，然而，这一次他们很倒霉地遇到了叛军余党。不知为何，侍卫们都不在附近，猎人寡不敌众，最后和国王一起被抓住了。蒙面的叛党首领说："我们要的是国王的命，你和我们一样，都是苦孩子，我们不杀你，你还是快点走吧。"猎人执意不肯，他不想丢下自己唯一的朋友："如果你们要杀他，不如先杀了我，否则我绝对不会让你们得逞的，我绝不做丢弃朋友的孬种！"

叛党首领哈哈大笑，转身对国王鞠了一躬然后离开了。猎人大惑不解，这时侍卫们也来了，大家一起回王宫。回去之后，国王伸手拥抱了下猎人："亲爱的朋友，你已经通过我的考验了，现在你可以做我的朋友了。"猎人吃惊地看着国王，瞬间明白了，原来这一切，都是国王安排的。这时，许久不见的贵妇人和大臣也重新出现在他面前，笑盈盈地看着他。原来他们也是国王安排给他的考验。猎人看着这些人，最后说道："对不起，陛下，我恐怕不能做你的朋友了。我还是觉得，森林更适合我。"国王有些气恼地看着他："你不要不识好歹。"猎人苦笑了一下，又有人说他不识好歹了。

他淡淡地说："我虽然不懂什么大道理，但是，我知道没有什么友谊是需要先考验再获取的。朋友之间是平等的，您找的是忠诚的部下，而我需要的是平等的朋友。"说完这些之后，猎人头也不回地离开了王宫。

猎人最后有没有找到朋友呢，不知道，至于国王最后有没有朋友，你说呢？

幸福小贴士

用谎言去验证一个问题，最后得到了，仍旧只是谎言。如果你想得到一份真诚的友谊，首先要奉上的，就是自己的真心。朋友之间，可以开一些无伤大雅的小玩笑，但是，为了验证友谊而去做一些无聊的考验，你自己就已经不是一个合格的朋友了，因此，要交朋友，先学会尊重朋友吧。

善待每一个朋友

你在碧波清池中结束了自己的生命，你没有机会去看如花美眷是否能敌得过似水流年，你也听不见高山流水间断琴明志的哀痛和决绝，樱花每一年都会开，花下却再也没有了一个沉默赏花者，碧水云天间，等不到一个观云听雨隐居人。如果给你一个重新选择的机会，你是否会改变自己的决定？

我们有多久没见面了，是四年还是更久，我们最后一次联系是在什么时候？我们在最后一条的短信里说了什么，为什么没有继续下去？你的电话再也无法拨通，你的空间也不再更新，你不会再出现在年末的同学会上，也没有机会带着我在你生活过的城市转转了。你一直是那么安静的孩子，柔弱的、天真的、胆怯

169

的、我的朋友。你发给我的你们学校自制的短片，为什么我没有看下去？为什么我没有夸赞一下？为什么我要将它删除清空？在我想再看看的现在，却没人再将它发给我。这个夏天，我们所有的朋友都在晒自己的毕业照，我们中的大多数人的校园生活彻底结束了，而你的生活，也在这个夏天结束了。

很多已经沉寂在意识海里的事情，因为你的离开又翻涌了上来，它们在我脑海里一一浮现，让我想起四年前你的样子，还有四年前我的样子。

每到夏天我都会清理书柜，这几天仔细翻找，发现你曾经送给我的樱花书签已经不见了，我甚至不知道它是什么时候消失的。如果不是那个雨中的电话，我都意识不到我有多久没想起你了。打电话过来的是我们共同的朋友，从北京来的长途，接听时的惊喜很快被她说出的讯息击溃了，那个久违的熟悉声音说你自杀了，就在当天的凌晨，发现的时候是早上四五点，溺亡。

一时间我不知道该说什么好，十七岁的时候我总是说一个人要对自己做出的选择负责，现在我却无法冷酷地说出这句话。你离开的消息很快在高中的QQ群里炸开了，我第一时间点开了你的空间，你的最后的一句说说仍旧温暖，是在祝福你的朋友。但那已经是一个月前的心情了。之后呢，你的世界到底发生了什么，是什么让你最终选择终止自己的生命？

你的样子和高中比较起来变化不大，时间还来不及在你的外表上做任何改变。照片中的你仍旧是一副呆呆的样子，仿佛正看着镜头，又仿佛是在走神。不管是被老师叫起来回答问题，还是一个人站在走廊望向远方，你永远是这副表情。我看着你的照片，忽然觉得有点恍惚，仿佛又回到了那个时候，你站在我前面，我们一起做广播体操的时候。

你个子不高，成绩一般，一次又一次被老师叫出去的你，往往刚站起身便会羞得耳根发红，你窘迫地被叫出去，然后在同学们好奇的目光中更加窘迫地走进来。而在那个时候，胆小的你就开始以自己的方式来对抗来自父亲的权威。我实在难以想象，那个时候的你就已经开始离家出走了，一旦在对抗中处于下风，你便以离开来抗议。毫无悬念，最后输的人一定是你，你一次又一次离开，然后又被迫回到你不一定喜欢的学校，回到那个你可能觉得窒息的家中。这一次，你再次出走，却再也没有回来了，你为这样的胜利高兴，还是后悔呢？

那个夜里，你和你的父母一定又吵得昏天暗地吧。你负气出走，而习以为常的他们却没有在意。你一夜未归，我根本没有办法想象他们接到消息时的表情。你最后选择在学校外面的荷花池里结束生命。高三的时候，我们不止一次站在走廊朝那里看，那个时候，谁会想到，这个美丽了我们数个夏天的小池塘最终会吞噬你的性命。你就这样走了，在毕业季的前夕，在多数人都忙着找工作忙着准备毕业答辩的当下。属于你的人生才刚刚开始，你便强行将它结束了。很多人都说你傻，我却不知道该如何评论。生命归根到底是你自己的，你有决定的权利。刹那间的走投无路

171

都会让你做出这样的选择。据说那天凌晨，你曾经去同学的空间看过，她是你中学时代最好的朋友。那个时候你一定也想着要求助吧，可是，从什么时候起，我们遗失了彼此的电话号码。那个同学远在北京，而你并没有她的新号码。你是否拨打了一个又一个空号，你是否翻过那薄薄的电话簿，却不知道在午夜时分，究竟谁可以安慰你，谁可以帮助你。我不忍假想你在死之前的感受，但又时不时会去想象。那个时候，你是否后悔过，还是心知已无力回天，只得绝望无奈地走向死亡。

为什么你走之后，我才有时间开始试着去关注你过往的一切？我在大脑里一遍又一遍地搜寻着关于你的记忆，遗憾的是，真少，少得可怜。我甚至都不记得高三复读的那些人当中有没有你，相处的那三年或者四年，我一直将我们的关系定义为泛泛之交。现在想想，那个时候的我是不是有一些伪善呢，虽然看上去一直是很温和的，但是我心里知道，那个时候的我，对你的孤僻和稍稍怪异的行为是 有些看不惯的，之所以待你还算友善，不过是因为小小的同情心作祟。可是那个时候的你待我，却是十分真诚，外出旅行的时候，不忘给我带些小礼物。樱花书签就是那个时候的礼物，你兴致勃勃地向我描述樱花盛开的样子，我假装很有兴趣地听着，我并不喜欢你给的那张书签，因为里面有一只蝴蝶的标本。看着那个被压扁的蝴蝶，除了觉得难受，我没有任何其他感觉。但是，你说起樱花时眼中所透出的光芒，让我不忍心打断你。风吹过，花落如雨，自然是美丽的，这份绝美，全国知名。多少人同你一样慕名而去，所以樱花树间，永远是人山人海。可是我一点也不喜欢，十七岁的我同样也是古怪的女生，对于一切可能发生摩肩接踵的事情敬谢不敏，那个时候的我即便是坐公交车都会起鸡皮疙瘩，更不要说穿越人海去看一树花。所以那个时候的我，在心里暗暗地下决心，我一定不要和你出游，一定不要和你一起去人群中赏花。那时的我们，多么天真。

　　昨天我又打开了高中时代的同学录，你的脸稚嫩依旧，大头贴中的你笑得格外灿烂。拥有这样纯真灿烂笑容的你，很美，我看了你给我的留言，出人意料的俏皮，你说你的血型是O型，是蚊子最喜欢的血型，而你的理想，是在一个山清水秀的地方生活，让心灵回归自然。现在，你的这个理想，算是实现了吗？你在留言板上，留下了你画的一棵小白菜，你是真的很喜欢这个外号呢，到了大学之后，还有人叫你"小白菜"吗？

　　你知道吗？我们的那些同学中，有人去了法国，有人到了日本，更多人留在了你生活过的那个城市，我们高中时代的那个同年级的学生会长，前几天结婚了，对象不是他高中时期的恋人，事实上他们从很早以前就分开了，奇怪的是高中时不过和他有泛泛之交的我，现在反而成为时不时会联系一下的朋友。我们高中时代很会唱歌的那个女生，现在已经有一个可爱宝宝，我们高中时班上和你一样内向的女生，不久前也嫁人，她现在很美，婚纱照光芒四射，这些事，有人八卦给你听吗？你，单纯的你，不那么优秀的你，被我们集体遗忘了，不管是曾经同你那般亲密的友人，还是原本就和你不熟的同学，在你活着的时候，我们集体遗忘了你。我找不到你曾经的同桌，没有办法将你最后的近况告诉她，而更多的人，在听到这个消息时，往往还在疑惑：我有这个同学吗？最后，他们还是会想起你的，那个微胖的，安静胆小的女孩儿。我们这些人，过不了多久，也会结婚生子，然后慢慢老去，只有你，永远地停留在22岁，你没有变老的机会了。虽然说如果没有任何意义，我还是想问你，如果有重新来过的机会，你会不会做出这样的选择？同时，我也想问问我自己，如果有重新来过的机会，我会不会眼看着你孤寂到死还袖手旁观？我们明明知道的，那样性格的你，即便到了大学，也只会拘谨孤寂，我们却视而不见。在你最需要朋友的时候，我们可能在拓展自己的交际圈，可能窝在寝室看动漫，可能在做各种各样的事，却没人想到要和你联系一下。

如今市面上有无数交际的书，告诉人们如何去交一个对自己有利或者可能有利的朋友。你这样的，很显然不太可能成为可以利用的社会资源，但是，我想和你交朋友。小白菜，不管怎么样，你始终是我的朋友。我想告诉你的，只有这句话，即便是当年，我还是将你当成朋友的，尽管不是最好的那一个。对于你那时的邀请，我最终也没能赴约，却还是心怀感激。谢谢你！

我不想指责你不珍惜自己的生命，走到今天这一步，并不是你的错，你是太寂寞了。我知道你其实很爱自己，很爱很爱，这个世上，没人比你更爱你。现在的你，在另一个世界做什么呢，再也不会有人将过高的期望压在你肩上，你也不会再被忽略，你有没有开心一点，那个世界，你可以走任何你想走的路，不会再有无路可走的困境了。你好吗？你还好吗？我的朋友，你会不会，有一点点想念我们呢？

　　祝你幸福，不管你身在哪个世界，你都要幸福。虽然是大家想给你的惊喜，我还是想告诉你，今年冬天，大家会回到我们高中时读书的城市，一起去看你，我是给你带一束小雏菊比较好，还是提上一棵小白菜呢？

幸福小贴士

每个人的生命只有一次，希望大家可以珍惜。生命是父母赋予你的，同时也是你自己的，在有生之年，希望你可以结交你自己喜欢的朋友，做自己喜欢的事，尽情地享受这来之不易的生命。别人的指导虽然重要，但最终你还需要听从自己心的指引。善待你的每个朋友吧，人类的情感本身就不宜太过功利。

1.给久未联系的朋友打个电话，聊聊分别后彼此的生活，时光流转，有些东西的确会变，但总有一些东西不会改变。

2.多和父母交流，他们爱你，你也爱他们，但只有爱根本不够，爱很多时候不足以让你们相互理解，这个时候，你们要多多交流，有着血缘关系的你们，本应该是最能相互体谅的。

3.如果觉得走投无路，不妨先将这些问题抛在一边，不要钻牛角尖，玩玩喜欢的游戏，听听喜欢的歌，有些心结，时间会自动将它解开，所以不要太烦恼。

4.你要学会倾诉，不要将所有事都憋在心里，朋友和老师、家人都是你合适的倾诉对象，如果实在不行，可以向心理医师求助，如果你太过害羞，找个树洞将心事倾诉一尽也算是个好办法，实在觉得委屈的时候，可以大哭一场，哭出来会让你轻松一些。

5.最后，你要记住，只有活着，才能享受幸福。

朋友和我们一道成长

张小北从小就是一个人缘很好的女生，从小到大，她最不缺的就是朋友。

幼儿园时期，她最好的朋友就是她在幼儿园认识的第一个女生。因为那时谁也不认识谁，因此第一个认识的人看上去总是更加亲切。虽然现在小北已经忘记了那个女孩的样子，但是隐约记得那时两人是形影不离的。

因为是好朋友的缘故，女孩儿之间起了争执，张小北永远是站在自己朋友这边的，也正是因为这个缘故，小北和女孩儿之间的友谊整整维持了三年。后来是怎样失去联系的呢，张小北仰头想了半天，终于想起来，上小学后，女孩儿并没有读小北所在的那个学校。她记得那时自己还哭闹过一阵子，后来交到新的朋友，就渐渐忘记了。

这天拿出相册，有自己小时候的照片，她看见自己和其中一个女孩子的合影，发现怎么都认不出对方，就问妈妈那是谁。妈妈看了一下，说："那不是小溪么？"她又问："小溪是谁？"妈妈说："不就是你小时候的那个好姐妹吗，那时候你们不是经常一起玩吗，人家现在都出国了。"她看着妈妈，瞬间觉得她很伟大。要知道，自从分开之后，她就没有再问过那个女孩儿的音信。没想到妈妈居然知道。其实也可以理解，她俩是同一个幼儿园，想来也不会离得太远，妈妈和周围的大婶聊天时，自然会得到不少信息。

上小学后，张小北的朋友是幼儿园的同学，毕竟要熟一些。虽然其中也有在幼儿园时期的"敌人"，但是大家都在一个陌生的环境里，也就不计前嫌了。当然，这是开学之初的情况。随着同学之间越来越熟悉，张小北很快就交到了新的朋友。小学时期，她的朋友大多住在自己家附近，会一起上学放学，课间操时间经常一起玩。小学阶段的友谊也不是很牢固，往往今天还玩得好好的，明天就开始吵架断交。"冷战"几天之后，双方各退一步，便又能重新玩在一起了。不过张小北现在也很少和小学的朋友联络了。

她上小学的那会儿，国家对九年义务教育的宣传力度远不如现在，因此小学六年级时，就有不少人开始辍学去学艺了。张小北读初中时，整个年级里没几个和自己以前是同校的。初中张小北仍然有不少朋友。但这时的朋友不再像小学时那样，跟谁玩得好就是朋友。张小北在初中交的朋友大多是志趣相投的。在她的那些朋友里面，有擅长画画的，也有擅长唱歌的。因为有共同兴趣，大家交流起来也轻松很多。除了这些人以外，张小北的朋友还包括自己的同桌以及同寝室的室友。这个时候的友谊，大多和距离有关，相距越近，交流越多，就更容易成为朋友。

夜深人静的时候，一群小女生躺在床上聊天，友谊能得到很好的巩固。转眼间张小北又上了高中。高中时期的朋友，对她来说，算得上是一生的知己。因为彼此都见证了对方最美好的时光。虽然那段时光里，每个人都灰头土脸地拼命读书，但是回想起来，彼此脑中的对方永远是青春年少时的模样。高中的孩子一面保留着做梦的权利，而另一面，也不得不开始触碰现实。面对高考的压力，每个人都开始思考自己的出路。百思不得其解的时候，你会庆幸身边还有朋友。

高中时期的朋友，也可以算是战友，彼此知根知底。也正是因为那段共同奋斗的岁月，让高中时期的朋友之间的感情变得格外牢固。有时候，这种友谊甚至可以维系一生，并不随着时间和空间的改变而改变。虽然时光流转，人总是或多或少地会发生改变，但是在彼此眼中，大家都还是最初的模样。

相较于高中时期，大学时期的张小北朋友少了很多。那时她的朋友主要由高中时期的同学构成，节假日的时候，往往会站在风中拿着电话卡和同学煲一两个小时的电话粥。除了高中的死党之外，最好的朋友便是室友了。大家一起看电视剧，一起聚餐，早读的时候坐在一排。有时候张小北会觉得这种友谊算不上友谊，至少没有高中时期那么深厚，但是，如果没有那么几个人陪你一起吃饭、聊天、逛街，你又会觉得身边空荡荡的。原本以为彼此只是泛泛之交，可是大学毕业时，哭得最凶的，还是自己。

送走一个又一个室友，看着她们撸着袖子边喊着给你挣结婚礼金边走出去，眼泪还是会忍不住哗哗往下掉。大学毕业后，张小北和多数人一样，开始东奔西走找工作。每晚疲累地回家后，和大学室友们诉诉苦，变成了一件格外幸福的事情。这个时候张小北觉得，人生还是有朋友最好。

人生就如同一列火车，列车时走时停，有一些人会上来，还有一些人会下去。你和很多人都谈得来，可是到了站台，你们又不得不分开，这些人就是朋友。有些人是你童年时遇到的，你们分享过糖果的甜蜜，可是现在，你已经不再为那种水果味的清甜所陶醉了，因此你也没有了那样的朋友。有些人是少年时遇到的，他们陪着你一起做梦，甚至，他们也参与到了你的梦中。那些梦，流光溢彩，你舍不得忘，所以，你经常怀念梦，以及和你一起做梦的人。

当旅程前进到一半的时候，你开始从梦中醒来，你不得不考虑一些现实的问题，比如如何养活自己。这个时候，你需要的是对你谋生有助的朋友。你和这些朋友的关系，大多建立在有可能互帮互助的基础上。你可能会厌恶这种关系，但是你又不得不这么去做。

　　随着人生的列车不断前进，你会拥有各种各样的朋友，也会失去很多朋友。你知道吗，其实朋友，往往就是另一个自己，我们在茫茫人海中寻找的，其实就是那些和自己相似的人。珍惜自己的朋友吧，因为人生路太漫长太孤单了，如果能有另外一个朋友作伴，那不是很好吗？

幸福小贴士

在我们的成长道路上，必不可少的就是朋友。她们和我们一道成长，共同面对各种困境，她们有的时候，甚至比家人更懂你，比恋人更贴心。人生只有一次，友谊也是世上独一无二的，所以请你珍惜这份友情。

1.空闲的时候多和朋友待在一起，去交谈，去游玩，不要让"宅"状态在你和你的朋友之间筑起高墙，你们相识一场不容易；

2.多拍照，将你们最好的时光记录下来，等你们都老了，还可以拿出来追忆；

3.交友的方式有很多，你可以用你自己认可的方式来和你的朋友进行交际，但是注意不要伤害到他。

善待自己的手足

他出生前，她是家族里最小的孩子，也是唯一的女孩儿。那些想要女儿的姑姑婶婶都把她当自己的女儿养，那时的她，可以说是集万千宠爱于一身。因为她从小就生得漂亮，大家也就更加愿意把她打扮得如同洋娃娃一般，小小年纪的她，对于美貌的好处已经有了比较深刻的体会。他出生后，因为是小婴儿的缘故，也分走了大人们的部分注意力。这让她稍稍有了喘息的机会。

他出生的时候，她4岁，正在上幼儿园。对于家里多出来的这个小生命，她还是有些好奇的，隔三岔五便会过去摸他一把。还是婴儿时期的他就已经显露出了木讷的性格。被捏住了脸，也只会呆呆地看趴在摇篮边的她，半天后才懂得该号啕大哭召唤父母来"救驾"。那个时候，她每天放学后最喜欢做的事就是趴在摇篮边逗他，他看着她，呵呵傻笑，她也跟着笑。

吃饭的时候，她边大口吃饭边对妈妈说自己的愿望，她希望妈妈再给她生一个妹妹出来，因为小婴儿实在是太好玩了，很显然，她将睡在摇篮中的那个婴儿当成了智能玩具。周末，她和小伙伴儿一起玩过家家，你是爸爸，我是妈妈，那谁是小孩儿呢。她想到了家里那只呵呵傻笑的"小动物"，便自告奋勇要去拖他出来玩儿。等到妈妈发现的时候，摇篮翻倒在地，两个孩子都被扣在里面了。原来她想把小婴儿从摇篮里抱出来，可是怎么都抱不动，一咬牙一用力，结果把摇篮弄翻了。因为婴儿摔出来的时候正摔到她身上，倒也没受什么伤，妈妈却差点被吓疯了。

妈妈哄好哭闹不休的婴儿后，又将她好好教训了一顿，再三告诫她，小婴儿很脆弱，不是玩具，不能把他当作布娃娃。她听了撅着嘴有些失落，难得有这么软绵绵还会对她笑的小玩意儿，结果不能玩。这次之后，她对小宝宝的兴趣降低了不少。她再也没做过类似的危险举动，但是也不再陪着弟弟了。

时光飞逝，转眼间她要上小学了，而他，在经历了睡来睡去爬来爬去之后，总算会走路吃饭了。自小爱美的她一直很嫌弃这个比自己小4岁的孩子，因为他的裤子总是脏兮兮的，还时不时流口水，便便之后不会自己擦。总而言之就是各种邋遢。妈妈有时会无奈地告诉她："你小的时候也是这样啊。"不过这种事她是绝对不会接受也不会相信的。除了邋遢之外，她最烦的就是，他喜欢跟着她。小时候的他胖乎乎圆滚滚像个肉团子。她每次出去和小姐妹玩，他就吵着闹着要跟着。

起初她不愿意带着他玩，但是后来她发现了一种新的玩法。因为小孩子长得很快，所以她经常需要买新衣服，往往先前买的裙子还没穿旧，就已经不能穿了。妈妈又舍不得丢，都放在衣柜里，只有当衣柜实在放不下的时候才会清一清。这天妈妈清理衣服的时候，她和他在一旁看着。她看了看妈妈理出来的裙子，发现都是自己喜欢的。当听到妈妈说这些衣服都要送人或者扔掉时，她扑上去死活不肯。妈妈无奈地说："可是这些衣服你都穿不了了，留在家里也没用啊。"她看了一眼他，指着他说："可以给弟弟穿嘛。"妈妈说："他一个男孩子，穿不了你的衣服啊。"她仍旧不服气，夺过一条裙子就给他套上了。除了发型之外，居然意外地合适。从此，他开始悲催地被要求时不时穿下裙子，让她好追忆自己的童年时光。

她不仅自己喜欢把他打扮成女生，还叫来自己的好朋友集体来围观，弄得他长大后看到她那一帮死党都想后退三步撒腿就跑。再大一些后，他终于不用再穿她的裙子了，而且，他也开始上学了。他念的幼儿园，隔壁就是她上的小学。他小时候性格软弱，有时候甚至会被女生欺负得哭起来。这时他便会不顾一切往她的学校跑，哭着喊着求她给做主。而向来以"美丽善良优雅小公主"形象示人的她，也会一撸袖子，冲到他班上："说！刚才谁欺负你了。"虽然彼时她也不过是个小学二年级的学生，但是震慑一屋子幼儿园小班的孩子还是绰绰有余的。那时的他，视她为保护神。

她小学的时候，放学还没有现在早。往往他已经放学了，她还要再上一节所谓的"课外活动课"。这种课老师有时候会讲课，多数时候都是大家一起写作业。因为父母工作忙，没空来接他。他通常是在幼儿园里一个人玩到她去接他为止。后来幼儿园的小孩儿吓唬他说小孩子一个人的话会被老虎吃掉，他吓得死活也不敢一个人待在空荡荡的教室了。没办法，她只好趁着课间的时候将他接到自己班，让他也跟着她们一起上课。

最开始的几次，他的到来总是会引来同学们的围观。他小心地坐在地上，老老实实地回答别人的问题。后来老师发现之后，倒也没说什么，只是给他搬来一把小板凳，让他坐在旁边，不要吵闹。他也听话，乖乖地坐着写当天的作业。

有时候，她正在写作业，他会在旁边小心地拉她的衣角，说想去厕所。她让他跟着班上的男生一起去，他死活不肯，眼巴巴地看着她，眼里汪着泪，几乎要哭出来的样子让她哭笑不得，只好带着他去。好在幼儿园老师有教，她只需要在外面等就可以了。她站在外面，他在里面一遍遍地问："姐姐，你还在吗？"弄得她直想吼他，身为一个男孩子，为什么这么胆小。

亲戚们有时候说到他们俩，总是会说性格完全反了，她虽然长得漂亮可爱，却十分要强，性格火暴，如同男孩子一般。而他文文静静，不喜欢说话，秀气得像个女孩子。不过只有她知道，他其实只是胆子小，性格其实和她差不多，而且，只是在外人面前装哑巴，两人私底下相处，他简直就是个话痨。

因为小时候经常带着他玩，她的朋友都说他是她的小尾巴。她倒不这么认为，她觉得他就是一个"拖油瓶"。小时候爸妈经常加班，那时她家附近又没什么餐馆，因此从很小的时候她就开始学着热饭菜煮面。她和弟弟两人在家时，一到中午，他就会可怜巴巴地挪进来，说要吃她做的蛋炒饭，或者吃她煮的面。她虽然会骂他这个也不会那个也不会，但还是会走进厨房给他做饭。

每次饭做好了，他都会非常夸张地说："哇，姐姐你做的饭最好吃了。"虽然知道是拍马屁，但是她还是觉得心情舒畅。其实那时她的厨艺根本就是惨不忍睹，做出来的东西也就勉强能吃而已，不过多年之后两人长大了，回想起小时候还是会觉得很美好。记忆中的糟糕味道经过时间的洗涤，也变得美好起来。夏天的晚上，两个人在阳台上铺一张席子，边看星星边聊天。有时候聊着聊着，胆子很小的他会忽然讲鬼故事。虽然破绽百出，但还是能把她吓得尖叫起来。两个人大呼小叫冲回房间，用被子将自己盖得严严实实，因为他的恶作剧，很多个暑假，他们都会持续不断地生痱子。

再大一些的时候，《还珠格格》开始流行，她在屋子里披着床单扮太后，他则当小太监，两人在屋子里玩得不亦乐乎。等到她小学五年级的时候，他开始上小学一年级，两人每天一起上学放学。他小时候比同龄人瘦，个子也小，常常会被欺负，因此她一直是他的"护草使者"。等到她小学毕业的时候，她担心自己走后他会被欺负，还专门对他进行了特训。妈妈在客厅里听她向他传授各种打斗的技巧，只觉得头疼不已。她初中的时候，开始住校，往往一个星期只能回家一次。每到周五，他就会蹲在门口等她，像只被遗弃的小狗。每当看到她的身影的时候，他都会欢呼着朝她跑去，她有时会想，如果人类有尾巴的话，那个时候他的尾巴一定摇得很欢。

年纪越大，她的性格变得愈发强势，他开始称呼她为"女王大人"，她则叫他"小跟班"。一般情况下，他都会乖乖听话，但有些时候，两人也会起冲突，比如抢电视遥控器的时候。她想看偶像剧，他想看动画片，争执不下只好武力解决。当然，最后胜利的自然是她。他气愤地将自己关在屋子里，发誓再也不理她了，然而，当下个归家日到来的时候，他又会忍不住坐在门口等她。初二那年她的生日那天，收到了他送的第一份礼物，是一只唇膏。她抽着嘴角拧开，一股刺鼻的香味喷涌而出。他眼巴巴地等着她夸，她只好挤出笑容，说很喜欢。

事后她尝试着涂了下，刚擦上就觉得嘴唇火辣辣地疼，吓得她忙将唇膏洗掉了。虽然是劣质产品，但好歹是他送她的第一份礼物，她还是将唇膏放进了抽屉。之后的每一年，他都会给她送礼物，都是一些廉价的或者不合她品位的东西，她都高高兴兴地收下，然后放进抽屉锁好。

尽管每年给对方送礼物，但是他们还是喜欢吵架，吵起来往往闹得家里鸡飞狗跳。他们就这样吵吵闹闹地长大了。转眼间，她高中，他初中。她大学，他初三，他初三那年，忽然开始飞快地长。两个月不见，她回家的时候，他已经和她一样高了。

她坐在屋里玩电脑，肚子饿的时候，他在客厅喊她去吃饭，原来不知何时，他已经会做饭了，不再是当年流着鼻涕哭喊着让她煮吃的那个小屁孩儿了。她挑挑眉，丢下没看完的视频，去尝了尝他的手艺，意外地不错。小时候他总是跟在她屁股后面，让她给买这个买那个，现在想起来，他已经很久没有吵着问她要什么了。阳光灿烂的午后，她拖着他去逛街，实际上就是让他去做搬运工，她兴致勃勃地在前面逛，他任劳任怨地帮她拎东西，这时她会发现，有个弟弟其实挺好的。

路过一家药店的时候，她忽然知道自己该给他买什么了。她笑着走进去，出来的时候递给他一堆东西。他看着那些钙片，只觉得眼角抽搐。她笑眯眯地说："再长高一点。"回学校的时候，他会去送她，有意无意地问她的归期，她心里有些伤感，但并不表现在脸上，只是叮嘱他好好学习，在家听话。她忽然觉得自己变得啰唆了好多，好在他也并不抗议。

有时候，两人在网上聊天，她会惊异他的成长，他知道的东西越来越多，成绩很好，从来不让爸妈担心。她有时会习惯性地训他，他居然会顶嘴了，让她赶紧减肥，不然以后都嫁不出去了。电脑这头的她一噎，半天才怒道："大胆，造反了你！"话虽如此，她还是轻轻扬起嘴角，他是真的长大了，从一个软趴趴的婴儿，长成了成熟的少年。

又是一年暑假，她回家的时候，他正坐在院子里等她，看着眼前这个已经比自己高的少年，她又想起了当年坐在门口等她的小男孩儿。原来时间已经过了这么多年了。小时候，她总是嫌弃他累赘，现在回想起来，她觉得自己的成长道路上，有这样一个伴儿，是一件很幸福的事。

幸福小贴士

这个世上，和我们最为亲近的人，除了父母，就是手足。诚然，有时候手足之间会吵闹争执，但是风雨过后，陪在我们身边的，那个不离不弃的后盾，还是他们。成长也许会让我们不再如儿时那么亲近，但是那种手足情，却是时间无法改变的。善待自己的手足吧，感谢他们的一路相陪。

1.尊敬自己的兄长姐姐，因为你的成长路上，小小的他们曾经用柔弱的身躯一度帮你遮风挡雨。

2.善待你的弟弟、妹妹，在他们很小的时候，就已经一心一意地信任你了，而且用他们的方式对你好。也许那种方式是让你嗤之以鼻的，但是，这背后的爱足以弥补这些缺陷；

3.和自己的家人好好沟通，相互扶持。有些事，你不说，他们也不懂，不要在表达沟通上过于吝啬。